張曼娟
散文精選

剛剛好

自序

剛剛好

二〇一〇年底到二〇一一年初，我被突如其來的重感冒擊倒，低溫的夜裡，聆聽遠方跨年狂歡的煙火爆響，一邊計算著下次服藥的時間。我用極嚴格的方式管理自己的病，絕不少吃一次藥，想要盡快康復，甚至要求醫生為我注射，因為我不耐煩在養病這件事上花費太多時間。事實上，我想，許多年來我都不耐煩在自己身上花費時間。

而我並不是那麼沒耐心的人。見到因為發燒而痛苦流淚的孩子，我的直覺反應是將他們擁抱在懷中，直到他們緊繃的身體放鬆；聆聽朋友的憂傷或失落，我願意一遍遍複習每個細節，直到他們在陪伴中感到安心。

對待他人，我總是不厭其煩。對待自己，卻是很不耐煩的。

為什麼會這樣呢？我想，那是因為我並不覺得自己是可珍貴的人吧？長久以來，我看重的是別人，從不是自己。我常覺得自己擁有的一切只是幸運加上僥倖，而我偏又是對「無常」感受很深刻的人，於是，愈來愈往內在心靈退縮，變得更封閉而孤僻，世界也愈來愈小。

感冒初癒的那一天，和朋友吃了美味的香蕉鮮奶油蛋糕，在微博貼上照片並且發表感言：「一塊好吃的蛋糕，能帶我們脫離一切穢污坎坷的現實。」那天深夜，疲憊的我，看見了一位大陸網友的回應：「愛你的人是多的，因為有很多愛你的人你並不知道。因為太愛，所以漸漸被神化，因為被神化所以不敢靠得太近，怕你被這凡間的濁氣玷污，所以才在遠方看著你吧？常常想著在無人的夜裡，在一盞燈下獨自寫作的你，穿越古籍經典的你，為了他人感傷而感傷的你，可曾記得給自己倒杯熱水，添件衣服？」這段話與我的香蕉蛋糕一點關係也沒有，卻令我震動，怔忡許久，直到淚水模糊了電腦屏幕。

我想起不久前，與讀者見面的簽名會上，母子二人笑嘻嘻的來到我面前，請我幫他們簽書。「我們都是妳的讀者喔。」與我年紀差不多的母親這樣說，念高中的兒子俊逸有禮，靦腆地笑著，點點頭。他們是下班下課後搭高鐵來的，趁著夜色還要趕搭高鐵回家。我想起曾經在許多場合裡，遇見我的讀者將二十幾年前的我的書，用書套好好保存著，看起來完全沒經歷過歲月，那樣嶄新。「這本書我有三本，一本是自己讀的，一本是借人家的，這一本是要特別珍藏的，我的寶貝。」我也想起在馬來西亞演講的時候，要求合照的讀者朋友總會將閃光燈關閉，因為將近二十年前初訪大馬我曾說過，不斷刺入眼中的強光令我暈眩不適，而他們竟然一直記得。

我的讀者或許都是比較內斂低調的，平常確實感覺不到，但是，當我在餐廳用餐時，發現自己的料理更豐盛些，便明白主廚是我的讀者。當我在醫院做健康檢查，醫護人員溫柔的呼喚我的名字，我知道又遇見了我的讀者。我在旅途中，在飛機上，在銀行櫃檯裡，在許多熟悉或陌生的街角，都能遇見，我的讀者。

相逢只一笑，明日又天涯。我從許多微笑的眼睛中，看見了珍惜的光芒。在這樣的光芒中，又怎能不看重自己？

而時間過得飛快，曾經，走進演講場聽見亢奮的掌聲與歡呼；如今，演講場中的少年臉上有著無可奈何的表情，他們是被規定坐在這裡的。「我知道你們根本不認識我，更不是我的讀者，我知道你們真正想看見的作家是誰。」我說出了兩、三位最暢銷、最受歡迎的網路作家的名字，少年們這才活絡起來，他們熱烈的掌聲代表的是贊同。對這些少年來說，我已經太老了。

卻有朋友輾轉告訴我，他們曾經向公部門遞過企劃案，計劃拍攝我的紀錄片。出版已經滿了二十五年的作家，或許有些故事能夠表述出過往的歲月留痕吧。結果，他們的企劃案被退回，退回的理由或許不好明說，於是，給了「她還太年輕」的說法。對這些公部門執事來說，我竟然太年輕。

在「太老」與「太年輕」的矛盾中，我卻覺得是個剛剛好的時機，該為自己編一本散文精選集與小說精選集，記錄不同年齡的自己，看見的世界，感受到的人生。這是為一直以來與我相伴的讀者們編選的，也是為可能有緣相遇的新讀者編選的。我一直記得自己年少時在圖書館裡，最愛閱讀的便是作家的精選集，在翻閱著

一本書的當下，彷彿便能觸摸到作家靈魂的輪廓。

　這真是一件奇妙的事，我的世界這樣小，認識的人這樣少，卻一點也不覺得匱乏。原本以為出書之後，世界會變大一些；後來以為到國外工作之後，世界會變大一些，如今才明白，這樣的小小世界，其實最適合我。這個世界中許多美好的相遇和際遇，使我的生命豐盛滿盈。

　我的世界有點小，卻是剛剛好。

　剛剛好，遇見最美好。

目錄

緣起不滅

緣起

童年時，最吸引我的，是一個洋酒瓶底的小娃娃。穿著芭蕾舞裙，踮著腳尖。不管在任何時刻，只要上緊發條，她就會輕盈地、帶著愉快表情拚命打轉；總是無怨無尤，在不變的樂聲裡，重複相同的動作。

她的紗裙雪白，一塵不染。而她的手臂、雙腿與腰肢，纖細得令人擔心。會不會終有一天，因為高速的旋轉而折斷，而整個兒傾圮？

她所有的生存空間，就是瓶底那方突起的玻璃罩。罩外是可以溺人的醇酒；酒瓶外則是無限開展的，可解或不可解的茫茫人世。任何人都能讓她在玻璃中翩翩起舞，卻觸不著她。當然，隔著流動的波光灩灩，也永遠不能瞭解她的心情。她一成不變地舞著，在眾多凝注的眼眸前。有時候，她可能厭倦了命定的迴旋，盼望樂聲煞止，轉盤停息。在長久的寂寞中，她也可能企盼如一隻彩蝶，在一雙燦亮、讚歎的瞳仁中，讓時光停駐；在那一刻，結緣。

她的夢想，常常只在樂聲起煞之間幻滅。然後，便靜靜等待，下一次觸動發條的手指。

漸漸地，伴隨成長而來的挫折滄桑，迫使我把自己也罩入了無形的玻璃罩，成為瓶中的娃娃。生命中的所有情結，其實也只是一場無止盡的輪迴。我們常在類似的情境中心折；在同樣的激動裡淌淚。每一次揮別與擁抱，每一次呼喊與狂笑，竟然都是相同的韻律。命運既然支配著禍福得失，如何能在每次的緣起緣滅中，堆砌新的憧憬？維持心中始終不變的願望？假如，生命應該有學習和所得，那麼，在複雜紛亂的世間，這便是我選修終身的課題。

白髮封誥

在燈下，我輕輕畫上一個句點，把執筆半年的研究論文，作了最後的修飾，然後結束。時間，是凌晨四點多。除了燈亮處，四周是一片黑暗、潮濕與陰冷。

當時，正是寒流來襲的隆冬。

費力挺直痠痛的背脊，挪動麻痺的雙腿，輕輕活動手指，我閉起眼，便聽見保溫熱水瓶到達高溫以後的跳動聲。夜夜，它暖著一壺水，使我在擱筆臨睡前，能有一杯滾熱的牛奶充飢。而在夜很深很冷的時候，我佇立父母床前，聆聽他們均勻安詳的鼻息，覺得無比愧疚與傷感。

從兩歲半，我搖搖擺擺去上學，便展開了二十多年的懵懂歲月。所有的，大大小小的困難與挑戰，我並不怕。因為知道，總會有兩雙蒼勁的手，有力的胳膊，為我撐一片天。

而在這幾年，我更盡力地去做些什麼，以掃除父母臉上的陰霾。在這些作為的過程中，我有時候孤立，有時受委屈，便忍不住傾訴。說完了，我可以安然入夢；

他們卻忡忡地添加雙重憂慮——擔心我所煩惱的，以及被煩惱困擾的我。曾有那樣一夜，我在鮮花與掌聲的圍繞中謝幕，知道燈光以外的父母將以我為榮。卻有朋友談起我的母親，說：「怎麼突然生了這麼多白髮？」

我恍然而悟：原本，我是焦急地想為他們帶來榮耀；結果，卻迅速地將黑髮催白。

真的，再沒有人比他們更清楚，我的付出與收穫，我的歡喜與哀傷。當其他的人，帶著一股難以捉摸的笑意，談論我的今天，說：「她只是運氣好。」的時候，我從不分辯。只要一回頭，便能見到父母斑斑的白髮，他們看見我所有的一切。而今生註定的親子緣，使我不得不承認：這確是令人稱羨的好運氣。

然而有時候，母親會感到不平。她看見我因長期書寫而扭曲變形的手指；她知道那些因用腦過度而失眠的寒夜；她伏侍著因耗盡精力而病倒床榻，欲死欲生的女兒。她總是要不斷地、不斷地承擔這些折磨。於是，當那些懷疑的、輕蔑的話語，傳到她的耳中，便成為一種刺激與傷害。

如果可能，我真願生生世世與父母結緣。只怕他們不願。不願再擔這樣多的心，流這麼多眼淚。

修業三年，我到學校領了碩士服回來，感覺格外艱辛。在古代，得到功名的人，父母可以受封誥的。而我只能在鏡中，全副穿戴了，與他們相視而笑。三年前，是父親扶我進考場的，否則，我根本走不進去。

因為持續一段時日的熬夜苦讀，應考第一天，剛睜開眼，我的心便一直往下沉，完了！我對自己說。眼前閃亮著一片矇朧，只要翻身，頭部便劇烈疼痛，我嘔吐兩次，瀕臨虛脫。呼吸與心跳都呈現不正常的運作。以往，過分勞神的時候，偶爾會有不適，但，都比不上這一回的來勢洶洶，帶著毀滅性。的確，它是要摧毀我和其他人公平競爭的機會。我在枕上流淚，氣憤甚於病苦。去看醫生吧！母親不斷勸說。可是，醫生哪裡幫得上忙？我不需要醫生，我只是不甘心哪！好不甘！擦乾眼淚，坐起來，我對父親說：我要去學校！我要去考試！我要去……

從木柵到外雙溪，顛簸的兩個鐘頭，像溺水的人一樣，我緊攀浮木似的父親。坐在車中，有時呼吸不能順暢，有時心跳幾乎爆裂；一陣躁熱，使我汗如雨下；猛地寒冷，讓毛孔盡張。好幾回，我感覺自己撐不下去了，恨不能崩潰地跳下車去。一路上，我和父親都不開口，提防著那兩個字脫口而出：回家。若真回家了，父親知道，我將遺憾終身。他把我的手攏在他寬厚溫暖的手中，讓我貼著他的胸膛。而他正努力地，把勇氣和信心輸送給我，我可以感覺到。正如二十多年前，抱著羸弱早產的第一個孩子，從台北坐出租汽車回中壢的途中。初生的嬰兒如初生的小貓，父親小心捧持。偶爾探探嬰兒微弱的鼻息，恐怕度不過春天。二十幾年，早產兒已然亭亭，卻在這重要的時刻裡，回復到初生的羸弱。父親觸動我冰涼的面頰，輕撫我濃密的黑髮……漸漸地，焦躁不安的情緒平靜下來。同樣在車廂中；同樣在父親懷裡，我能掙扎著撐過第一個春天，當然也可以熬過這一次苦難；並且驚覺到，已然經過二十二個寒暑春秋。

榜上有名，我無心與那些意外的眼光和評論計較。因為這件事給我更大的啟示——以讚賞的心情看待別人今日的榮耀，並肯定他們昨日的辛勤耕耘——有些人或許永遠不能領略這道理，我卻可以受用終身。

至於父親和母親，我為他們帶來的封誥，只是年復一年，遍灑髮際的銀絲，深深鏤刻的皺紋。

閒覽心情

不管我是懷著怎樣焦慮的心情來到，一旦，站立在一排排書架前，與穿越光陰的古籍相對，那些小小的干擾與煩躁，逐漸沉澱而終於微不足道了。

在我眼前，有那樣多的典籍陳列；在我身後，將有更多著作要流傳。我站在狹窄的空間怔忡著，思索著十三經與二十四史；諸子百家，詩文詞曲……然後，猛然發現，從古到今，敘述流傳的，其實，只是心情。

李白把酒狂歌，人生在世不稱意，明朝散髮弄扁舟，這，不是心情嗎？老子以為吾人的大患，只是有身而勞形的緣故，這，不是心情嗎？詩經卷首便是窈窕淑女，君子好逑，這，不是心情嗎？孔夫子長嘆一聲，唯女子與小人最為難養，這，不是心情嗎？太史公寫豫讓吞炭；項羽自刎，無不椎心泣血、拊膺大慟，這，不是

心情嗎？

我伸手，自書架上取覽作者的心情，藉此平息生活中的不如意。在民族的、文化的煉火前，個人的挫傷與坎坷，簡直渺小得可憐。

有人在圖書館裡，面對浩瀚文海而感壓力沉重，不勝負荷。我卻能在巡禮一連串的書名之後，覺得感動與純淨。因為，我面對的是心情。

學校圖書館憑山而建，有一排大片的玻璃窗，可以眺望操場。隔條小溪，古老的中國建築中，不時搬演著古老的、悲歡離合的故事。更遠的地方是馬路，是穿梭的車輛，是靜止的房舍；疊疊青山，則是它的邊緣。

為了查資料，終有一回，我留下來，直到落日以後。偶爾抬頭，窗外燃燒似的天空，將遠山上的一片白屋映得發亮。我遲疑地，走到窗邊，看著彩霞一層層變幻色彩與光度。由橙轉彤；由彤變紫……一轉頭，馬路與住家的燈火，一盞一盞，瑩瑩地亮起來了。山的輪廓愈來愈不清晰，一連串的燈火，勾勒出人們的活動空間。黑夜悄悄地，無限制的在大地延伸。那份流動的美，因著未曾經歷而感驚心。

身在其中，每每埋怨吵嘈、擁擠與骯髒。今夜脫離，孑然俯視，靜觀紅塵，燈光盡責地燃亮；車輛謙卑地奔馳；每個屋頂下都共守著佳餚笑語……莫怪，莫怪織女也動了凡心。

這是圖書館中的另一種心情，對美的感受。

中央圖書館封館了。說的人沒什麼表情，而一轉臉，我真的覺得傷心。

封館，其實是為了搬到一個更寬闊的、更新穎、更現代化的新家去。但，我想，新館縱使再好，我仍會想念那有著四面迴廊的，朱紅色的柱子，粉白牆壁的舊館。

怎麼能忘記呢？籠一袖荷香而來，必須走過一道雕欄石橋，才能到那扇大門前。橋下是池塘，塘中養著蓮花，紫的、紅的、粉的、白的。斜倚橋欄，投影水中的是蓮花，是我因等待而光采煥發的容顏。進得門來，中庭有一個水池與孔子立像。下雨的時候，水池的水會漲流出來。午後的一場雷雨中，我曾坐在樓梯上，透過開啟的長窗，看著整個中庭溢滿水，看著進進出出的人，必得在狹長的迴廊中交錯。後來，我的花裙子浸濕了一大片，卻仍覺得開心，多好的風景啊！

也曾踩著石板地，和同伴討論王維與錢謙益；一時與千秋；慨

然殉死與忍辱偷生。在寒風細雨中，由意氣風發而至吞聲哽咽。我們選擇這樣一個試煉人性的問題來討論，註定沒有結果。而在潮濕的石板地上，不經意地，見到一簇簇新發的青草，穿破堅硬的泥土，透露早春消息。我飛跑到善本書室，拖出正在看微卷的同伴，把綠映入眼的小草指給她看。所有的疑惑，也許可從其中得到釋析……我看著天地玄機，而她微笑，看著我的悲喜交集。

把夏天膨脹起來的蟬聲，準備鼓噪了。以往，走出古典的大門，便是綠蔭，是蟬鳴，是翻飛的荷裙。以後，蟬聲遠而車聲近，唯有高踞架上的古人，與悠閒而至的自己，紛紛落落，互相檢視，彼此的心情。

淡水列車

為什麼喜歡淡水呢？朋友時常問。

我不知道呀！

也許，因為關渡大橋掛虹的雄姿；因為觀音山靜臥的肅穆；因為閒置的漁網、斑剝的漁船，標示著一段歷史。那些篳路藍縷的先民開發事蹟，在潮起潮落中細細傾訴。淡水擁擠的舊街，殷殷地記載著繁華的曾經。

為什麼喜歡淡水？

真的不知道。國中一年級，隨老師爬觀音山，天黑以後，我和三個同學被遺棄在山上。四顧無人，天地不應，一步步掉著眼淚走下山，所幸沒有走岔了路。但，我很快地忘記恐懼，只記著坐在渡船上，低頭看粼粼的波光。

再一次去淡水，則是十年以後。傳說中，那河已變得腐臭、有毒，甚至還冒著泡泡。然而，那天天氣真好，真正算得上是天光雲影共徘徊。渡了河，在對岸一座老廟中休憩，涼風習習裡，聽朋友說故事。

「我們抽個籤吧！」

我不抽，因為心中無欲無求，沒有疑惑。

朋友擲筊杯，兩片半月形的木頭，總是答非所問，弄得手忙腳亂。

「你要誠心呀！」我在一旁，笑嘻嘻地嚷。

「我就是不能專心。」朋友彎腰撿拾，聲音悶悶地。

我轉身把自己隱在廟柱後頭，仰臉看懸在廟頂的香，盤成一圈又一圈，靜靜地燃燒；香灰輕輕落下。寧謐中，只聽見朋友撩撥籤筒的聲響，有規律地，哐啷、哐啷、哐啷、哐啷啷……我突然想哭，因為恐怕再不會有這樣的一個午後。

為什麼喜歡淡水？

因為每次去淡水，都是好天氣！這能不能算理由？

報上發布了消息，說淡水列車將在七月份停駛。我和父母親挑了梅雨季節中的晴天，特意站在月臺上，等著搭火車，到淡水去。

車廂裡，滿是年輕人的喧囂笑嚷，在前行的軌道上，互相推打。而我的父母端整容顏，把坐火車當一件重要的事。只有途經關渡的時候，母親欣喜地指著窗外：

鷺鷥！（叫得出名字的）

鳥！（叫不出名字的）

水筆仔！（在電視上認得的）

一件件地指著，把我當成小小孩兒；而我一次次地向外張望，彷彿自己還很幼小。

父親坐在較遠的地方，被人隔開了，與我們遙遙相望。久了，便似睡非睡地垂下眼皮。

母親說起二十八年前，父親和她相戀，便常乘坐淡水列車，到淡水去找母親……這是我第一次聽這事，而不禁透徹明白。

為什麼喜歡淡水？

原來，我生就帶著傳自父親的、思慕淡水的情感與血液。一次次地去，只是自己也不明白地，重溫一些美麗的回憶。

原來，人間諸事，細細推究，必有緣故。只要耐心的往上追溯、往回尋覓，必可以見到緣起處。

生命中的所有情節，真的只是一場無止盡的輪迴。而憧憬與願望，維繫著大大小小的情緣，使它們永不消逝，永不滅絕。

——選自一九八八年《緣起不滅》

月光如水
水如天

剛開始的時候，都是歡天喜地的去參加婚禮。看著朋友披起白紗，走向地毯那一邊等待的新郎。套上戒指的一刻，我聽見發自心底的歡呼。

做伴娘的那一次，眼看著戒指圈住好友纖長的手指，轟然有淚衝進眼眶。我的激動超過新娘。

歲月，不是會讓人比較堅強的嗎？近來，參加婚禮卻必須控制欲哭的情緒。為的全是不捨。

待嫁女兒與父母親的難以割捨；嫁作人婦以後揮別的美麗青春……並且，我彷彿又少了一位可秉燭夜談的姐妹。

每當新娘拜別父母，淚眼相對。淚珠婆娑中，我幾乎可以看見千百年來的新嫁娘，以同樣的姿勢，在上轎之前跪拜。一叩首——鞠育之恩難報；再叩首——雙親善自保重；三叩首——奴從今日去，爹娘莫牽念。

看過一部日片，描寫嫁女兒的心情。父親在婚禮結束後到常去的小酒館喝酒。善於察言觀色的老闆娘過來搭訕：「先生今天穿得這麼整齊……看你的神情，好像剛參加了喪禮……」

令人心驚！卻可以理解。

自小，每年分班都像大禍臨頭。不斷結交好友，又不斷失去。一直害怕分離。

小時候，和弟弟鬥嘴，真氣他的渾不講理。可是，他背起書包，小小的身子出了門，我的氣也就消了。看著他曾坐過而今空著的座位，竟無來由的傷心。

大學畢業那次的謝師宴，我命令自己不許哭。卻在結束道別的剎那，情緒像波濤一樣澎湃泛漫，阻止不了自己的眼淚。心裡清楚的知道，從此以後，便是花自飄零水自流了。而我們曾那樣珍重地交換彼此悲喜的情緒；曾那樣溫柔地撫慰因孤寂而顫抖的心靈。因為眼淚，使面前的景與人都模糊起來。急急忙忙想逃走，我聽見一個男生充滿怒氣的指責。

當時，我確是非常困惑，以為自己的行為夠不上失態或妨礙別人。他的憤怒來得突然令人費解。漸漸地，又過了一些日子，當我孤獨走在校園裏，終於變成舉目無親的時候，才慢慢明白，男生的怒氣其實只是發洩和掩飾；只是要壓抑住與我相同的情緒而已。「一種相思，兩處閒愁」嚒，愁字弄不好，可就變成怒啦！

畢業以後，只參加過一次同學會，還體會不出什麼滄桑、自憐，炫耀也不明顯。興奮與好奇倒升得相當高。在畢業旅行中，唱著笑著，像孩子一般恣意喧鬧；如今卻已為人父母或為人夫、為人妻了。眉眼間稚氣尚未脫盡，而爭著訴說的是孩子的預防針、夜哭和牙牙學語。七月的驕陽無法進屋，卻把窗外映照得特別明亮。我在角落裡啜飲柳丁汁，以全心去感受生命的成長與喜悅。

同學會散了，幾個較親的朋友又移陣再敘。除了阿來，都是女孩。當他準備吸菸，便受到防衛過當的抗議，而他一概微笑接受。有了相當的瞭解、信任與默契，嫌隙便沒有存在的空間。

傍晚時分，我們送玉搭車回台南。如同送機一般，千囑咐、萬叮嚀，場面十分盛大。眼看國光號起動了，便又排開人群，直奔車站外，向窗內的她揮手告別。沒見過這等送別陣仗的，算是開了眼界：「你們真瘋狂。」而替我們衝鋒陷陣的阿來，卻在一旁嘻嘻笑：「要不要攔輛車，到交流道去送呀？」

有相同的語彙，所以覺得情深。其實，只是捨不得，分離。

古人送別到十里長亭；到壩陵。如今，突然覺得人生處處布滿驛站，一揮手，便成別離。

人說賈寶玉多情，喜聚不喜散；林黛玉深情，不喜相聚。黛玉的理由是聚時歡樂，散後尤其冷清，所以，不如不聚不散。要想不聚不散，正如人生一世無悲無喜，恐怕不夠深刻，況且，談何容易？

所以，我依然願意，迢迢地，去和朋友相聚。再孤獨的走長長的路回家。

那曾經共坐的溪畔，也不再是不堪碰觸的傷感。尤其在天涼的秋季裡，天空特別澄淨，很有「同來玩月人何在？風景依稀似去年」的情調。

不捨與傷別是始終不能改變的，卻也有些是改變了的。隨著青澀年少的遠去，知道長相憶比長相聚更為可貴；學習不再虛擲光陰與情感。於是，在這許多月光如水水如天的夜裡，空氣中不時飄動著暗香，靜體造物者的安排，處處都有深意，禁不住要微笑，並且感激。

——選自一九八八年《緣起不滅》

當我輕快地奔跑

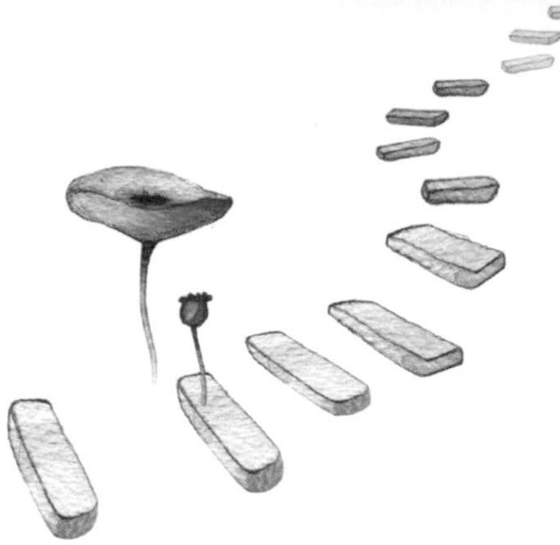

漸漸懂得「萬物靜觀皆自得」的道理，年輕浮躁的心，開始妥貼的安放。觀事觀人的同時，竟也能冷靜地看自己。於是，猛然發現，心靈深處的某個角落，仍存著些許赤子的恣情。因為被瞭解、被縱容，而顯得任性。

比方說，別人走著的時候；我多半是跑著的。

剛開始，奔跑只是為了欠缺安全感。搬到木柵時，四歲的我，穿上圍兜去幼稚園。抬頭挺胸走一段不算遠的路，路旁是稻田、河溝和栽滿青竹的山坡。一邊走著、一邊哼歌，有時候，站在溝旁看母鴨帶著小鴨游水。水上有美人蕉盛放的姿容，過幾天，鮮麗的花朵便會凋萎，靜靜地落進溝中。脫離父母的牽引抱持，獨自去完成上學這樣一件重要的事，只要在過馬路時停一停，左右看一看，便是風和日麗、安全無虞的。所有的一切，好像都太容易了。幼小的我，也因為得意，而膨脹得巨大。

卻在那個下著小雨的早晨，整個世界改變了面貌。

那天，與往常一樣，母親送全副穿戴的女兒上學。走出眷村大門，我還向佇立在村口的母親揮手。但，走了幾十步以後，路旁一條大狗極不友善地釘著我，伸出牠的舌頭，並從喉嚨裡發出惡狠狠的鳴聲。我儘可能離牠遠一點，牠卻已向我跑來，在我來不及呼叫的當兒，牠的利牙咬住我的雨衣。我俯倒在地上，感覺出牠的牙齒隔著塑膠雨鞋，啃在腳踝上。一種被吞噬的恐懼，密

不見天的罩下來。直到有人趕開狗，將我抱起來，才絕望的哭泣。我發現自己是那麼渺小，連一隻狗都能把我吃了。母親後來告訴我，看到狗千萬不要跑，免得狗以為見到了壞人。這話我並不十分相信，因為只有我自己知道，那狗攻擊我之前，我並沒有跑。而且，隱約地覺得，若能跑得快一些，就能夠逃開了。

以後，一直就不喜歡狗。

到了幼稚園大班，放學成了極恐怖的事。有個同班的小男生，在回家的路上，拉扯我的辮子，使我猛地後仰，幾乎摔倒。我用力掙開，並且奔跑。男生在後面叫我的名字，無法使我停止。於是，他撿拾沿路的碎石與土塊，不停地向我投擲。紛紛砸在背脊、裙子、雙腿、胳膊和書包上。我沒命地跑著，聽見稻浪在風中作響。衝進村子，小男生才肯罷手，轉回他自己的家。我再度懷疑，老師和父母教我們要「相親相愛」的不是？平白無故，為什麼要打人？偏偏，那位芳鄰從中得到樂趣，他追我跑，成為家常便飯。每一次，當我奔跑的時候，總恨自己不能生出一對翅膀。石子打在身上很疼，卻總不肯落下淚，好像落淚便是輸了。也不肯告訴別人，只覺得總有一天，可以跑得很快，躲過那些。最後，還是父母發現了，大驚失色地去解決。

但，我已經學會遠遠地躲避，那具危險性、攻擊性、不友善的，狗與男生。

童年時的經驗，並沒有使我成為田徑選手。體育課百米測驗，使出全身氣力，也只能達到補考邊緣，有驚無險。唸的專科學校就在住家附近，卻常常跑著進教室。

和朋友約了看電影，也常常跑著穿過街道，全是因為磨蹭的習慣改不了。其實也不完全是奔跑，還有期待相聚的喜悅，在細碎的奔跑之間，加上輕微的跳躍。開始蓄髮的十七歲，所有的髮絲在風中飄散開來。有時候，紮起一束馬尾，無意的蹦跳，馬尾就像鐘擺，左右搖晃，一刻不停地計算我的青春。

心情開朗的時候，走著走著，腳步就加快了。鬱悶的時候，深吸一口氣，也希望輕快地奔跑，能轉換一種心情。

那年，籌劃一齣舞臺劇的演出，將近半年的早出晚歸，心力交瘁。無論在任何情況下，都得不動聲色，指揮若定。時常因為過度忙碌或疲勞，只好放棄哭泣。排完戲，總在夜晚十點以後。演員大都離去，而我們必須留下來檢討。焦慮與欠缺成就感，使得每個人愁眉相對。直到佇立在街道上，揮手告別，各自回家的時候，才能稍稍鬆懈。那時，小南門附近充滿夜間部下課的學生，汽機車的馬達聲，以及飛揚的煙塵。天氣將暖而未暖，我們微笑著道再見，並把希望寄託在明天。轉過臉，朝車站的方向走去，時常，不自覺地輕輕奔跑起來。總覺得這樣的躍動，便把所有的不如意都踏得粉碎，覺得自己又回復到童真的無憂了。

過了一年、兩年，或更長久，朋友在信中寫著：「那時候，每次揮手說再見，妳輕巧的一笑，然後，像貓般的跑將起來……那是一段值得回憶的日子。」

當很多事情和時間都已走過，並且走遠，我小心地閱讀這些字句，唯恐自己有所遺漏。然後，全部的情緒都沉澱，只有感激依依纏繞。在那段紊亂而磨人的日子

裡，曾有一雙含笑的眼眸，專注地凝視我隱遁在黑夜中的背影。那時，我的背影大概是光采而美麗的吧？於是，那段日子在塵封以後，又多了個值得記憶的理由。

曾有個西門町的午後，我在熙來攘往的人群中穿梭，奔跑著去趕一輛即將起動的公車。快到車門的時候，腳底一滑，整個人摔倒下來。在車內車外，天橋街道，眾多的目光注視下，我只迅速檢視鞋子是否還在腳下，便下意識地攀上車，似乎為了沒錯過這車，而隱隱喜悅著。直到車子離開市區，周身泛著疼痛，潔白的衣裙污漬破損，才回想起那一跤摔得多重、多尷尬……有一種荒謬的感覺散漫開。這個世上，美好與荒誕的事，原是各占一半的啊。

穿越人行道，即使綠燈剛亮，也情願快步通行，不願慢慢走。因為我知道，所謂的禍災，都是在不應該發生的時候，突然的發生了。

有個男子，攔住我匆匆忙忙的腳步。牽著我，他說，綠燈不是亮著嗎？現在就該我們走，何必急呢？

每次過馬路，他定要牽著我，緩緩穿越，兩旁是等待而喘息的大小車輛。

他是個誠懇的人，守規矩是人生法則。而我應當用什麼樣的方式，向他解釋：除了誠懇；瞭解也是必須。告訴他：除了規矩之外，生活更缺不了感覺。怎麼能夠讓他明白？

規矩，我都知道，卻更依賴感覺。

偶爾，相處一整天，努力地說笑之後，我要求自己回家。對立在夕陽中，看見他的失望、迷惑和不快活。但，我依然堅持。為的只是要在黃昏中跑一跑，用輕快細碎的腳步穿過馬路，然後，緩緩回首，看車陣來往，把道路變成一條流動的河。於是，我獨自站立，並且微笑。

想來，他永遠不會明白了。

其實，我的渴望，只是那樣單純地、輕快地奔跑，讓每個步子都踩出音階。然而，在這忙碌紛擾的人世間，有誰能凝神傾聽生命的律動呢？

終究是要成為奢望的。

有時候，在微苔的階梯上坐許久，只為了看雲看天。有時候，把天橋當成鵲橋，總也走不完，看橋下的車燈，如銀河中流動的星子。生命之中當然不只是匆忙的奔跑。

可是，那真是一種神妙的觸動，必須用全部的心靈去感受——當我輕快地奔跑。

——選自一九八八年《緣起不滅》

淡水的聲音

流雲被風支配離合聚散；河川委託水草記取滄桑；火車沿著鐵軌蒐集記憶。

這天，我站在繁華的台北街頭，等待火車經過平交道。灰藍色的陳舊車身，掛著一片白色牌子：「開往淡水」。

極力地看著火車漸行漸遠，算是告別吧！

已經可以明確地倒數計時，還有多少天，還剩幾個小時，台北火車站第六月臺，將行駛往淡水的最後列車。

然後，這條鐵軌會被連根拔起，截斷的溫柔夢想，不計其數。

那年春天，堅持要到淡水的香火舖，挑一只小香爐，送給撫琴的朋友。期待地，急切地，在不太熟悉的街道穿梭，視檢每一只香爐上像「朝天吼」似的小獸，一定要選隻器宇軒昂的，作為生日的祝福。

我用一層層報紙包起來，盛載著最珍重的心意，看起來卻像是輕忽的。朋友一層層剝開，驚喜之後，忙著推拒，說不能接受，因為太豐盛的緣故。

我們各持己見，爭執許久，最後，突然興起深沉的沮喪，怎麼人與人之間，最起碼的接受和回報，也變得如此艱難？

於是我非常地疲倦了。

這是送給妳的。於是，我安靜地說：妳若不要，就把它扔了吧！

扔了吧。我說。

從北部到中部，好幾年過去了，我去探訪她幽雅的住所，夜裡，她彈奏「春江花月夜」，室內縈繞芳馥的檀香。

擎起那只小香爐，噴煙的地方已被薰上濃厚的油黑，燈光下幽幽發亮，開始有經歷歲月的痕跡了。

凡是被歲月侵蝕的，最能令我動心。蒼老並不可怕，因為有情有欲；有悲有喜，才會不斷改變外在形貌，萬物與人，皆是如此。

所以，我戀淡水，在淡水，可以看見時間的流動。

而在彌漫的青煙中，我陷入欲眠的情緒，循著已然熟悉的路徑回到淡水。

但我沒能找到，那個挑選禮物的、任性、固執的女孩。

不知道在什麼地方，輕易錯過了。

那時候，與你有許多話題，淡水，也是其中之一。

然後，夏天的某個午後，我們在淡水月臺告別。

才剛吃過午飯，天卻整個陰暗下來，雷聲隱隱在天外盤旋，與我們像沒什麼密切關係。

分離，也沒看成慎重的事，甚至，我們一路談笑，像準備結伴快樂的旅遊。

在渡口，被一對情侶攔下來，你幫他們合照。忽然發現，我們從沒有合照。你舉著相機，我們身旁只有幾個捉小蟹的孩子，找不到人幫忙。

到了月臺上，我站定，微笑著說：只能送你到這裡。

你彷彿想說什麼，幾經斟酌，而後點頭，也微笑。

你走後，我獨自在月臺上等待。落雨之前，天地異常寂靜，一絲風也沒有，然後，我聽到雨滴鏗然墜入泥土的聲音。那時，你大概正經過紅色的關渡大橋，我喜愛的曲線。

我等著，雨後進站的另一列火車，淡水的風吹進月臺，濕濕鹹鹹，有海洋的氣息。

再去淡水的時候，也會想起音訊杳然的你，臨別微笑之前，想說而沒能說出的話，是什麼？

淡水再沒有火車，再找不著答案。

那裡對我而言，總是有些不可解的神秘。

就在火車停駛的前幾天，收到一封未署名、沒有寄信人地址的信，內附兩張淡水最後列車的票，信紙上還抄錄敻虹的〈記得〉：

倘或一無消息
如沉船後靜靜的
海面，其實也是
靜靜的記得

誰呢？

我仔細想了想，那人若是「記得」，我便不該忘懷的。

然而，寄信人那麼仔細地，不肯留下半點蛛絲馬跡，我好像只能領受，這份溫柔的關切了。

但，我決定不去。我實在不忍。

是的，我不去搭乘那列緩慢的火車；行走細長的鐵軌；不願在汽笛鳴叫聲中落淚。

我不要參加那場陽光下的祭典。

成長的日子裡，不時眼睜睜看著一些珍貴的事物被掠奪；而在這次以後，不知道還有什麼可以失去的？

我們的確失去了。

淡水有許多聲音，浪潮的、渡船的、候鳥的；只是，不會再有枕木振動的渾濁；不會有風中鳴笛的清越。

我們宣告失去，和火車有關的，所有聲音。

——選自一九八八年《緣起不滅》

人間情分

下著梅雨的季節，令人心浮動，生活煩躁起來。尤其是上下課時，捧抱著大疊教材講義，站立在潮濕的街頭，看著呼嘯如流水奔湧的大小車輛，卻攔不住一輛計程車；那份狼狽，無由地令人沮喪。

也是在這樣綿綿密密、雨勢不絕的午後，匆忙地趕赴學校。搭車之前，先尋覓一家書店，影印若干講義給學生，因為時間的緊迫，我幾乎是跑進去的，迅速將原稿遞交從未謀面的年輕女店員。

那女孩有一雙細白的手掌，鋪好原稿，開動機器，她先影印了兩張尺寸較小的，而後將兩張影印稿並排成一大張。抬起頭，她微笑地說：

「這樣不必印八十張，只要四十張就夠了。好不好？」

我詫異地看著她繼續工作，影印機一陣又一陣的光亮閃動裡，也詫異地看著她的美麗。

原本，她的五官平凡無奇，然而，此刻當我的心靈完全沉浸在這樣寧謐的氣氛中，她不再是個平凡女孩。

我看著她仔細地把每一張整齊裁開、疊好，裝進袋子，連同原稿還給我。付出雙倍勞力，卻只換來一半的酬勞，她主動做了，還顯得格外光采。

離開的時候，我的腳步緩慢了些。焦躁的感覺，全消散在一位陌生人善意的溫柔中。並且發現，即使行走在雨裡，也可以是一種自在心情。

第二次去澎湖，不再有亢奮的熱烈情緒，反而能在陽光海洋以外，見到更多更好的東西。

望安島上任意放牧的牛群；剛從海中撈起的白色珊瑚，用指甲輕劃，會發出「箏」的聲響。夏日渡海，從望安到了將軍嶼，一個距離現代文明更遠的地方。有些廢棄的房舍，仍保留著傳統建築，只是屋瓦和窗櫺都綠草盈眼了。島上看不見什麼人，可以清晰聽見鞋底與水泥地的摩擦，這是一個隔絕的世界呢！

轉過一叢叢怒放的天人菊，在某個不起眼的牆角，我被一樣事物驚住了——一具藍色的公用電話。

不過是一具公用電話，市區裡多得幾乎感覺不到；然而，當我想到當初設置的計劃，渡海前來裝置、架接海底電纜……那麼複雜龐大的工程，只為了讓一個人傳遞他的平安或者思念，忍不住要為這樣妥貼的心意而動容了。

一個月的大陸探親之旅，到了後期已如殘兵敗將，恨不能丟盔棄甲。大城市的火車站規模不小，從下車的月臺到出口，往往得上上下下攀爬許多階梯，那些大小箱子早超過我們的負荷能力了。

那一次，在南方的城市，車站階梯上，我們一步也掙不動，只好停下來喘息。

一個年輕男子從我們身邊走過，像其他旅客一樣；而不同的是他注視著我們，並且也停下來。

「我來吧！」

他溫和地說著，用捲起衣袖的手臂抬起大箱子，一直送到頂端。我們感激的向他道謝，他只笑一笑，很快的隱遁在人群中。

著白色襯衫的背影，笑容像學生般純淨，是我在那次旅行中，最美的印象了。

⁂

現代人因為寂寞的緣故，特別熱中於「談」情「說」愛；然而又因為吝嗇的緣故，情與愛都構築在薄弱的基礎上。

有時候，承受陌生人的好意，也會忍不住自問，我曾經替不相干的旁人做過什麼事？

人與世界的諸多聯繫，其實常常是與陌生人的交接，而對於這些人，無欲無求，反而能夠表現出真正的善意。

每一次照面，如芰荷映水，都是最珍貴而美麗的人間情分。

——選自一九九〇年《百年相思》

當時年少
春衫薄

高中聯考的前一天，我站在四樓公寓陽臺，俯看那方沖洗乾淨的天井，想像千百種下墜的方式。如同一片羽毛，或者一只西瓜？其實，缺乏的只是決心罷了。縱身一躍，遂在風中擺脫可以預期的所有失敗與挫折。

然而，終究沒有痛下那樣的決心。

因為連這樣簡單的事都辦不成，十四歲的我，怨天怨地以後，開始厭棄自己。以一種逆來順受的態度，進入五專就讀。

或許因為五歲便入學讀書，一直沒有開竅。十八歲以前，我始終把自己封鎖在一片混沌荒漠的世界裡；同時，隱藏著亟亟欲逃的情緒，驚惶而紊亂。

那所五專充滿瑰麗人物與繽紛生活，最重要的是驟然失去聯考的符咒，生命中最沉重的壓力消解無形了。可是，這一切並不能挽救我的靈魂，日復一日地，蔽塞萎縮。

在夢裡，我總不停地說話，慷慨激昂的說；和顏悅色的說；聲嘶力竭的說；輕言細語的說。

醒著的時候，我什麼都不說。

坐在教室最角落的位置，安靜地看著喧鬧吵嚷的同學，不明白他們何以能夠如此興高采烈？安靜的貼靠著沁涼的牆壁，心中微微嘆息，他們難道不知道，生命是這樣脆弱又昂貴，傾盡所有的償付之後，得到的只是虛空的嘲笑聲罷了。

上體育課時，兩個女生走來我身邊坐下，叫我的名字問道：

「妳有病嗎？」

我搖頭。其中一個湊近我，仔細打量以後說：

「我覺得妳看起來好像瓊瑤小說的女主角一樣耶！」

頓時，我全身由內而外，流瀉出一股淒美幽怨的氛圍。唉，生命是這樣脆弱又昂貴。

「是啊！」另一個應聲說：「好像那種得癌症，到了末期的女主角！」

我聽見，戳破虛空的嘲笑聲。

有相當長的一段時間，我為了不知道如何安措自己猛然抽高益顯削瘦的身形而沮喪。我瘦得太厲害，使經過的人忍不住再詫異的觀察一番；偏我又比一般女孩高，不容易找到屏障來躲藏。

人們看我，是因為我太畸形──認定這種想法以後，那些有意無意的眼光，幾乎殺死我。

大多數的時候，我低垂眼皮，逃避旁人的注視，也不看別人。

搭公車去上課，只有十分鐘車程，把票遞給車掌小姐剪過以後，便緊握著車門邊欄杆，動也不動，任憑車掌的白眼怎樣翻動，只有這裡讓我覺得安全，遂生出一種相依為命的情感，抵死也寸步不移。眼看學校就要到了，心中焦慮翻騰如同熱鍋上的螞蟻，我不敢拉鈴，恐怕蠢動會引來乘客注視的眼光。於是，苦苦地等著、捱著，期盼有人拉鈴，我便可以下車。學校愈來愈近，張著大嘴似的校門從車外飛掠

過去，終究，沒有人拉鈴。車子停在下一站，我倉皇下了車，再行走十分鐘的路，才能到學校。

體育老師是位高雅健美的女性，時常穿一身雪白的運動裝，長髮紮成馬尾，帶領我們繞著操場跑，或做些簡單的韻律操。我一直很喜歡她。

有一次上課時，老師教我們圍成一個大圓圈，她站在中間，把球傳給我們，我們再傳回去。球到我手上時，我遲疑著，對球一向沒有準確控制的能力，尤其此時，面對著的是懷孕的老師，我非常害怕傳球失誤會傷了她。

然而白瑩瑩的老師拍擊手掌，向我要球了。對著她小腿的位置，球出了手。接住球以後的老師勃然變色：

「為什麼這麼不用心？妳說。」

我說不出來。她解散其他同學，罰我傳球二十次。是的，那真是一次難忘的刑罰，在全班同學圍觀下，每一次球將離手，我的恐懼攀升到頂點，彷彿自己的生命就要耗盡在這一場冗長的折磨裡了。

應該嚴禁自己去喜歡任何人的，我想。因為我的情感顯然有害無益。

漸漸地，除了家人以外，我失去與人交通的能力。

偶爾替父母去市場買菜，傳統市集充滿摩肩接踵的人群，討價還價的交易著，我不知該如何與菜販交談，只好一個菜攤流浪過一個菜攤，好容易終於找到生意清淡的攤子，幸運地看見我需要的蔬菜。菜販將菜交給我時，恰巧走來一些買菜的婦人，停在攤子前面，熱絡地挑揀，我覺得窘迫，好像不是來買菜，卻是來偷竊似的，急急忙忙，只想逃走。接過菜來，慌張地走，菜販高昂尖銳的聲音拔起來嚷叫：「喂！錢呢？哎喲！買菜不用付錢的哦！」

我折回去，忍受著辱罵與奚落，道歉並且付錢。

再也不要、永遠不要到這裡來了，當我跑出菜市場的時候，心裡這麼想著。

生活仍是再單純不過的上學、回家，沒有舞會、郊遊、男生，別的同學花團錦簇的精采內容眩人耳目；而我彷彿是修道院中的人。即使如此，生活中時時發生的情況，已令我疲累不堪了。

走在學校陰暗潮濕的隧道裡，一步又一步，忍不住停下來想，這樣充滿挫敗的日子，究竟要持續多久？

我很幸運，這樣的蒼莽洪荒並沒有持續太久，一些樂觀熱情的好朋友適時出現在最恰當的時候。她們用心讀我稚嫩的小說作品；一句一句教我唱再度流行起來的黃梅調，下課的時候，上體育課的時候，搬演梁山伯與祝英台。江山美人、七世夫妻、秦香蓮、紅樓夢，我們趕著去看這些電影。當時，我竟能夠準確模仿對白與唱腔。藉著這些古典的故事和語言，在現代尋找暫時安身的方式。

歌聲與文字，是我重回「人世」的兩種媒介。

同時也發現，愛人與被愛是如此歡欣而美好。

那種置身在人群中，愈覺孤寒的感覺，已經遠離了。並且發現，所謂的逃避，只是在閃躲自己的恐懼；而自己怎麼擺脫得了自己？於是我學會，用逃避的氣力去迎擊。

只不過是個推門的手勢，把心裡的門推開，讓陽光進來，讓朋友進來，也把自己釋放。

回顧往昔，真的感念這一段不順利、不光采的成長。讓我懂得被鄙夷和輕蔑的心情，認清每個人都應該被公平與尊重的對待。

如今，在夢裡，我變得比較安靜，平和地觀察著。醒著的時候，也能夠侃侃而談，不疾不徐地。

然而，在許多場合裡，仍會特別注意到沉默的年輕人。年長的緘默，可能是洞悉世事人情以後的豁達恬淡；年少的緘默，很多時候只是禁錮著掙扎的靈魂，強自抑制。

看見那些逃竄或驚惶的眼光，我總想知道，他們會不會像我一樣幸運的蛻變？又或者，我能不能幫助他們蛻變？

行至盛夏，花木扶疏，卻仍記得當時年少春衫薄的微寒景況。

遇見在風中抖瑟的孩子，為他們添加一件衣衫吧。

——選自一九九〇年《百年相思》

誰家綠楊堪繫馬

你問我，童年的印象是什麼？

一匹白馬。

這是小時候的一樁鮮明夢想。我們居住的社區，有一片在孩童眼中十分寬闊的綠色草地，高大的松樹將社區與外面的菜園隔開。我常想著，應該養一匹雪白光亮的馬，繫在草地另一邊臨水的楊柳樹畔，孩子們仰躺在草地上，看牠低垂頸項嚼食與飲水。

你知道，二十五年前，這個二層花園小洋房的新社區剛落成時，在木柵地區是首屈一指的，提起「黨部宿舍」，總帶著幾番欣羨的神情。宿舍共有六十戶人家，建地與空地各占二分之一的面積。除了供孩童嬉戲的綠地以外，房舍之間都保留相當的空間。大年初一，大人們齊聚村口的空地上，排成兩列，新年團拜，歡歡喜喜的相對三鞠躬，祝賀新歲如意平安。小孩子不耐煩這些，把所有新行頭全穿戴起來，奔向圍繞村邊的田地裡，燃放水鴛鴦和煙火筒，我很容易就覺得興味索然了。除夕夜，舊的仍在，新的未來，一切才正要開始；年初一，新的已經來了，轉眼便要舊了，我因此不覺得歡喜，反而有一絲絲莫名的惆悵。

你要蹙眉了，因為我把過年這樣的事說得蒼涼。其實，過年是熱鬧的，家家戶戶在臘月之前就把自己做的香腸、臘肉、板鴨、鹹魚一類的東西掛在小陽臺上風乾。有些隱隱生了霉點，便拿到村口空地上曬太陽，差遣孩子一旁守著，趕貓。我們窮極無聊，對著在陽光下滴油的香腸評頭論足，這一家的香腸太肥了，怪膩的；

那一家的又太瘦了，不香的。空地上不只曬東西，每逢特殊節日還搭張大布幕放電影，那時節放的電影，不是母親找孩子，便是孩子找母親；不是哥哥找弟妹，便是弟弟找姐姐，所謂的倫理親情大悲劇。銀幕上的劇情悲到無懈可擊，觀眾席上的我們玩著自己的遊戲，推推打打，樂得不可言喻。不僅如此，像是溜冰、騎車、跳馬背、樂樂球……十八般武藝，都是在這塊空地上練就的。

剛學會騎車，那種逍遙自在的感受令我著迷。村裡每排房子後門相對的巷弄比較狹窄而陰暗，放學以後，我便騎著車子穿越那些巷弄，想像著自己騎在白馬上，緩緩前行。多半是烹飪晚餐的時間，可以聽見各家廚房裡的聲音，嗅到各種菜香。

「二寶！叫你哥哥回來吃飯！」

「ㄚㄚ！帶弟弟去做功課，還看電視？」

「好辣！哈——啾！」

嗞啦嗞嗞啦——煎魚的聲音。

唰！噼哩叭啦——炒青菜的聲音。

如果把車子騎快一些，這些掠耳而過的聲音便混雜而成：

二寶——吃飯——去做功課——好辣——嗞嗞啦——噼哩叭啦——

而我忍不住，哈——啾！

村裡的路燈一盞又一盞地亮起來，交通車順著馬路，筆直地駛進來，把孩子們的爸爸送回家。

大約是四歲那年，我們住進這個社區，我家後門正對著那片綠地。在這之前，據說父母組成家庭的六年之間，搬遷了八次，最短暫的一次賃居時間，還不滿三個月，這是一種新興的遊牧民族。與現今無殼蝸牛的心情迥異，很容易就認命了，在這種彷彿永無止盡的搬遷生涯中，竟也安適下來。

直到父親幸運地抽中新建宿舍，一切才有了轉機。社區的地址是「永安街」，看見這個名字，便覺舒坦，好像和「千秋萬世」的意思差不多，遊牧生涯終於寫下了休止符。新房子有兩層樓，外加前後院，地板是磨石子的，打蠟擦亮以後，穿著襪子可以在上面溜滑，偶爾失手，便摔得頭破血流，也是有的。臥房和洗手間都在樓上，剛學會走路的小小孩兒，常在大人一不留神之際，便「下」了樓。至於「下樓」的慘烈過程，實在不堪細究。

左鄰右舍最少都有兩個孩子，災難頻仍，成長經歷一點也不「永安」。王家的孩子騎車撞斷了李家孩子的腿；方家孩子折斷了許家孩子的胳膊；陳家孩子在綠地上做捕手，偏那棒球直飛向他的眼鏡；趙家大兒子從陽臺上往隔壁陽臺跳，不慎失腳，便直墜下地；趙媽媽猶未消氣，二兒子不知怎地又觸電昏厥。這類血光之災不勝枚舉，再說下去便太「卡通」了。反正，孩子們都大難不死，倒是社區裡的貓兒狗兒，癩的癩；瘸的瘸，精力旺盛的孩子摧柳折花，劫後餘生的樹木，都被剝去了皮。我們是頑皮的孩子，卻也有著頑強的生命力。我一直這樣以為。

孩子們的年紀差不多，穿門越戶，從這家流竄到那家，好像是理所當然。有時

是家長把孩子寄在鄰居家去辦事了，孩子們睡在一起，吃在一起，興高采烈，「飯是隔鍋香」，食量也變好了。

父母親一向不願麻煩人，常有鄰居來借碗飯、借塊薑、借根葱、借匙醋，或者把孩子借放在我家，父母親卻又一向慨然相助。家裡新換了一套塑膠皮的沙發，十幾、二十年前可是一筆不小的開銷。「借放」在我家的鄰居小孩，吃完點心、做完功課以後，用他的新刀片，在每個沙發上劃一道長約十五公分的口子。當我母親赫然發現，每個沙發都齜牙咧嘴地對她笑著，差點暈過去。

「你為什麼把張媽媽的沙發割壞？」

「我想試一試新買的刀片。」

人家只不過想試試刀罷了。

「那，已經割壞了一個，為什麼把其他的也都割壞？」

「我想試一試其他的沙發牢不牢嘛。我不是故意的。嗚、嗚、嗚……」

人家只不過是想試沙發，誰知道沙發這麼不牢，一割就破？

你說什麼？叫他家賠？別開玩笑！人家爸爸媽媽都來了，他爸爸揪著肇禍的孩子，說要用家法處置來賠罪；他媽媽帶著膠布來幫咱們貼沙發了，一面猛賠不是。我的父母親可忙壞了，又要把孩子拉進懷中保護，又要扶住他母親，一連串地說：

「沒事、沒事了。小孩子嘛，他又不是故意的。好玩嘛！這沙發不算什麼！就是、就是沙發不牢——」

好啦！既然是沙發不牢，那，孩子便是無辜的了。

那套用膠布粘貼的沙發，在我家客廳裡擺設了將近五年。

樓上有兩間臥室與洗手間。那時候的窗戶都是方正寬大的木窗框，綠色紗窗。攀在窗上與對門的孩子對望，擠眉弄眼，用各種手勢交談，打發無聊沉悶的午睡時間。雷雨交加的夏日午後，在另一間臥房的窗旁，看著窗外綠地成為水澤，看著閃電在遠處的山坡忽隱忽現。木窗框經雨水浸泡，略微膨脹，有一股特殊的潮濕氣味。

我一定要向你介紹洗手間，它是個衛浴合併的小空間……這有什麼特別？現在聽來當然不特別，可是，在二十五年前，很多人家裡沒廁所，得上公共廁所，家裡沒浴室，就把洗澡盆子放在廚房呢！而我們的洗手間已有了磨石子浴缸、白瓷面盆與抽水馬桶。這種進步卻也帶來若干後遺症，比方，剛進小學時，我完全不能適應那種蹲式廁所，甚至分不清哪邊是前，哪邊是後。

前面庭院種植不少花木，「春蘭秋桂」這樣的形容詞一絲也不誇張。牆角有一株葡萄樹，結了一些果實，養了不少蟲子，有的時候，肥肥胖胖的毛蟲被風吹落，讓來往奔跑的孩子踩扁了。我家的房子坐北朝南，陽光格外眷顧，對面鄰居在冬天裡常來敲門「借太陽」。把他們家的毛毯、棉被，晾曬在我家庭院。天氣更好的時候，則每家都趕著洗衣裳、被套和床單，曬不下的被單就一層又一層搭在較寬的巷道中，成為一張又一張的幃幕。大朵的牡丹、綠葉，是俗豔的，卻是富貴如意的表徵。洗的次數多了，有些褪色，布料倒顯得格外柔軟，童稚的我讓被單掠過面頰，如穿越一重又一重宮牆，許多色彩繽紛的遐思，飛昇盤旋。

我們在社區居住約四、五年，四周稻田紛紛填平，開始起建公寓。村外大興土木時，搭建起來的鷹架，是一個極刺激的邀請，禁不住引誘，我們在一個多星的夜晚，呼朋引伴，攀爬到最高層，坐下來，七嘴八舌在燦爛星光下訴說夢想。說，反攻大陸以後怎樣怎樣，那時候大人們說話總是用這個作開場白，學生們作文總是用這個作結束語。有人說要到青海去開牧場，大家都振奮起來，這個說要養很多牛，那個說要養很多羊，我說：我只要養一匹馬，一匹白色的……

「誰家的小孩？」一聲喝斥，驚斷了我的童年夢。鄰家黃媽媽在下面看見了我們晃動的身影，大聲喊叫起來：

「看摔死你們這些壞孩子，快點下來——哎呀！

小曼哇！這麼大膽子，我要告訴妳媽媽……」長辮子在黑暗中竟也洩露我的身分，我們四散奔逃，顧不得那些牛、羊，或者是馬了。

搬離村子那年，我十四歲，揮別童年與友伴，回憶與綠草地上的白馬。那時，圍繞社區的全是四層樓的公寓樓房。

不過幾年光景，左鄰右舍多半都搬走了。成年以後，回去看過一次，驚訝地發現，我曾住過的房子，竟然這麼小。

父親聽了我的不甘願，笑起來說：

「本來就小嚒，只有九坪的建坪，樓上樓下加起來才十八坪。後來好容易加建成二十二坪，已經很不錯了。」

也許，你說得對，孩子的世界是廣闊無垠的，只有成人會加上框框與界限，把自己關閉起來。

我嘆氣了嗎？你聽見了？

是的，是有感傷的情緒，本來，我不打算告訴你，免得你總說，我的故事裡，悲傷比快樂多。可

是，這些事確實在我的生命裡發生了，它們牽扣我的心靈，讓我對人生有更深入的認識。

去年秋天，我們這些分散後幾乎不曾聚首的童年友伴，差不多到齊了，為的是替我們之間年紀最小、最頑皮的男孩送行。

我們聚在一起，參加他的告別式。

曾經我以為，頑皮的孩子，便有頑強的生命力。紙灰飛揚的時候，我知道，那匹馬已經走得很遠很遠了。

即使我回到村子裡，在綠地栽滿楊柳樹，也繫不住一匹馬的，我知道。

那匹馬的名字，叫做「時間」。

——選自一九九〇年《百年相思》

心碎的白鳥

我想，我永遠不會忘記那一次旅程，到彰化去演講。講題是：我的寫作歷程。對著那些年輕的大孩子，所能談論的，不過是生活、成長，以及愛。串串笑語之外，淡薄冬陽裡，猶留廣大空間，需要用久長的一生，去思索，去學習。

坐在國光號車上，不斷向前行駛，偏頭望向窗外，風中有振翅飛翔的鳥雀。不知怎地，突然想起我的白鳥。

雪白的羽衣，豔紅的嘴，晶亮的黑眼，淺粉纖細的爪子，輕盈佇立在掌心。彷彿已有許多日子不曾注意牠，甚至連餵穀子、換水的事，也早已落在父母身上。儘管，牠仍是我最鍾愛的掌中鳥，可是，我是如此忙碌奔波。

從菜市場買回白文時，原是乳毛未乾的一對，終日扯著喉嚨，急急地催著餵食。書房的角落，替牠們佈置了溫暖的窩。除了去研究所上課，多半的時間，端正坐在桌前圈點。大小白文的羽翅逐漸豐潤，奮力地從地上飛進我的裙褶。大白文一向比較健碩，稍柔弱的小白文，使勁飛躍幾回，次次都順著裙襬滑落地面。於是，仰起頭，啁啾鳴叫。我把手臂垂下，手心朝上，牠敏捷歡欣地躍上。進入裙褶，兩隻白文依偎著，闔眼入睡。

那一回，母親把白文帶到樓頂陽臺練飛，不知怎地，像受到了驚嚇，兩隻鳥騰空遠逸，頓時失去蹤跡。

母親把住家附近走遍了，大半天的工夫，在鄰居天線上，看見抖瑟的小白文。

大白文不再出現，牠們始終那麼親愛，卻在奔赴一個未知天地的剎那，分飛。

小白文經過這樣的變故，再不肯親人，藏在盒子裡，縮起翅膀和腳爪，偶爾低聲叫著，沒有回應，便又沉寂。

我仍坐在書桌旁，每日仍替牠添米、換水、清理環境，在文言文裡覺得疲憊時，便在盒畔坐下，靜靜地看著牠。有一天，牠跳出盒子，飛上我的花裙，飛上我的書桌。我動也不動，只覺驚異，小白文也長大了；或者，牠在陽臺高飛的時候，便已經長大了。

我把掌心給牠，牠躍進來，舒適地臥下。這仍是一種熟悉的，屬於我和牠的交通秘密。

當我整理詩話時，牠安靜地憩息在靛藍書皮的《東坡詩集》上，或是赭紅的《歷代詩話》。

一隻靈動、潔白，溫熱的生命體。

那段相伴的日子終得結束，我再不能閒閒地看牠在掌心啄食；也不必等待牠飛到我枕畔，將我喚醒。

一刻也不停留地，我被現實推著跑。

而白文也有了一座精巧的小屋，牠被圈在其中，失去自由。至於我，則彷彿有了無限寬廣的活動空間，東西南北，海內海外；卻時常是挾風帶雨，匆忙惶急地。

已經有許久，不曾聆聽白文的鳴叫；不曾打開籠門，讓牠展翅飛一飛。

牠還認識書房嗎？牠還記得蘇東坡嗎？牠，寂寞嗎？

在往彰化去的路上，莫名其妙地，想起我的白鳥。

演講完畢，差點趕不上火車，我一個人，在空蕩蕩的月臺上，拚命奔跑，心臟劇烈跳動著，可以清楚聽見地面因踩踏而沉重回應。

火車在逐漸暗下去的田原上走著。已經有二十四小時未曾進食，我覺得寒冷與饑餓。

生活必須如此嗎？我終於向自己問了這個問題。搖晃的車廂把問題散滿所有空間，沒有答案。

才走出火車站，便見到守候著的家人，此刻，我多麼需要他們的等待和擁抱。八點半，全家一塊兒吃晚餐，點菜的時候，母親和弟弟傳遞眼色，交換耳語，恰巧被我逮個正著。啊哈！我開心地嚷嚷：看到啦！什麼事啊，不告訴我。母親直說沒事，被我纏不過，胡亂說幾件無關緊要的，正說著，火鍋熱騰騰上了桌。立時轉移注意力，我當然知道有什麼事被隱瞞了，可是，好像又情願一直瞞下去似的。

吃完飯，我又鬧著要去看電影。好久好久好久，沒有看電影啦。我說。寒夜把甫出口的話語都化為白霧。

看完「七小福」，回家。開大門的時候，母親看著我，清清楚楚地說：白、文、死、了！

大家都看著我，我停了幾秒鐘，並不能完全理解這句話，死了嗎？我說，也好。說了句自己也不懂的話。

怎麼死的呢？稍後，又追問。

母親說，飼料和飲水都齊全，而我的白鳥僵死在籠中。也不知怎麼回事，大概是冷死的，或者……

於是知道為什麼忽然想起白鳥，牠是來告別的；自由以後，來向我告別。

過了好些天，仍沒有時間疼惜傷悼我的白鳥，而在走過鳥店時，看見一個大鳥籠，上百隻活潑健康的白鳥，欣欣然地跳躍喧嘩，不得不想，為什麼牠們能活得這麼好？

我的白鳥不是凍死的，我知道。

牠曾擁有很多愛；而後又失去全部的溫柔。

牠的死亡，緣於心碎。

緣於我的疏忽。我的錯，究竟是在後來停止我的愛；或是在開始，付出太多的愛？

愛，是有責任的，即使是愛一隻白鳥。

至於迴盪在火車上的問題，似乎也有了答案。看著空下來的鳥籠，我知道，應該釋放自己了。

——選自一九九〇年《百年相思》

燈的傳奇

楔子

中國人的生活藝術，在各式各樣輝煌瑰麗的燈火中燃亮。

燭影搖紅、蠟香裊裊、蓮炬烟緩、九華明燈、燼垂金藕……燈花何太喜。

一明一滅之間，眾多傳奇，也成點點灰燼，夢裡猶有餘香。

綠焰牡丹燈

慌不擇路。

他沒命的在山林奔跑，耳畔呼嘯的是風；或是人聲，已不能分辨，死亡在身後緊緊追緝。

這是人間？還是鬼域？

三百多條人命，血流也能成渠的。他粗重地喘息，那些小的、老的、女人們的眼淚。

亂世莫要當官。伯父曾對他說過，難道當時已料定這場躲不過的彌天大禍？夜，特別黑，這樣的殺戮；這樣的冤屈；這樣的黑暗。

刀起、頭落，伯父徐徐倒下，哀嚎遍地，把他和人間溫情的最後牽繫，鏗然斬斷。所以，先前，他被蠻橫兇暴的趕出門，為的是讓他避禍啊！因此，他可以置身

事外，站在圍覩的群眾裡，看劊子手行刑；並且，全然地無能為力。

為什麼我竟然在這裡？伯父養我、教我，何以全家罹難，唯我獨活？他停下腳步，問自己。應該回去，死有什麼可怕？反正，他認識的人，無一存活。

回去吧！他再度在林中發狂的跑。突然，腳下踩空，不及呼喊，像片枯黃的葉子，毫無重量，飄然下墜。

也是不及呼喊，那柄鋼刀揮動，刑場中綑綁成串的家人跪著哭倒，悲聲動天。他猛閉上眼，幾乎昏厥；睜開眼，不能置信地，他看著四周擁擠的觀眾，圍堵如牆，個個紅光盈面，忻快地驚歎，貪婪地，意猶未盡。嗜血的世界呀！這是人間？還是鬼域？

自冰冷和痛楚中甦醒，他看見不遠處冉冉而來的兩盞燈光，近了才能分辨，兩盞製作精美的牡丹燈，閃動燐燐綠焰。走過來的是三個女人，無聲無息，衣袂飄帶在風中，款款地、有韻地飛揚。掌燈的兩名侍女到了他面前，因為光亮刺激，他蹙眉闔眼；再睜眼，便見到一輪滿月似的面容，點硃唇開啟，你受傷了，疼不疼？

兩枚綠焰在黑暗裡飄飄盪盪，醒了又睡；睡了又醒，含含糊糊地說，或是哭泣，總有一張杏黃色、華麗的容顏在傾聽。不知過了多久，他才恢復意識，懂得詢問自己的生死與所在地。婦人教侍女捧來吃食，那兩個侍女或是因為燈影掩映，竟令人有面目不全的錯覺。

婦人親用銀匙餵他，十八年的生命裡，未曾經歷過這樣的柔情溫存，他因此要求留下。婦人遲疑片刻，而後搖頭。房裡不知薰著什麼香，有一種古老的、混著煙塵的氣味。

閒拈針線伴伊坐。他真喜歡這樣的生活，沒有戰亂、逃亡、殘殺和恐懼。生命應該是這樣的，寧靜、溫柔、旖旎。看著婦人，總覺得她雖豐美鮮豔，卻是經歷歲月的；好像他曾有過的經歷，也在歲月中走遠了。

而那兩個侍女又來了，僵硬地俯身對婦人說話。他不喜歡她們，因為她們行動冷硬，臉孔明暗不清。

侍女離開，婦人拉他起身，在紅眠床畔坐下，告訴他，明天必須離開，否則有禍。而他不肯，還能有什麼禍呢？他已失去了所有的親故，如今只賸下她；若要走，需她與他一道。她掙不脫他的手，於是嗔惱，你這孩子，怎麼不講理。

我不是孩子！他咆哮，因為莫名的絕望和挫傷。她在他一無所有的時候，給他希望和情意；而她竟看他如一個孩童？有一種自覺在憤怒中變得尖銳；我是一個男人，他說。經過這麼多事，他相信自己已然是個男人。

我是男人。他沙啞地哽咽。

她不作聲，緩緩貼近他，那股奇異的香氣衝進鼻管，令他有短暫的暈眩。牡丹花一樣的面龐，徐徐舒放。像一片溫暖的雪花，觸手便會蝕化，輕柔地，將他全部掩覆。

他看見雪；他看見花；他看見她冷豔嬌媚的笑容；他看見她遍身纏繞的綾羅，

化成彩雲，飄飛滿天。

再次醒來時，她已為他收拾了包袱，說是奸人搜索追逼，教他先到別處躲避。我還會回來找妳的。他臨出門仍說。天，還沒破曉，零落的星子掛在空中，兩盞綠瑩瑩的燈亮著，婦人用袖掩住嘴，淚水直落下來。

搖動的樹影，彷彿聽見緝捕的喊聲，不暇思慮，他一路奔逃。黎明以後，竟然下了山，看見一個小小的市集。來往人群好奇地打量他，令他竦然而驚。直到賣豆漿的白髮老人喚住他，問他從哪裡來，讓他在水盆中，注視一個幾乎陌生的影像，蓬頭垢面，鬚髮糾結；衣裳襤褸不堪……這個落魄破敗的人，是他？

和老人談起，才知與變故已相隔三年，且已改朝換代。梳洗換裝，重整面目，老人問他在山中迷路，是否遇見什麼奇怪的人或事？

他說沒有。卻在一個晴朗天氣上山，走了許多路，在盤著古松，憩著蒼鷹的深幽所在，看見那座古老的陵墓。

甚至沒有驚疑，他走近，墓碑在歲月中湮沒成一塊石頭。墓旁兩側，石雕侍女，各掌一朵牡丹燈，她們的容貌在風雨中剝蝕。

他在墓旁坐著，靜靜看日出日落。沒有特別的期望或遺憾；止不住感激之中滲濕的悵惘。

金風玉露一相逢，便勝卻人間無數。

即使是鬼域，也有如許溫馨情重，強過人間的冷酷。

許多年以後，無論他是發達顯貴；或是尋常平庸，曾經發生的事，都在記憶裡漸漸褪色，唯有這一樁始終鮮明——就在牡丹燈的引領下，進行了他的成人禮，生命中最華貴莊嚴的儀式。

燈下看美人

她是個宜喜、宜嗔、宜顰、宜笑的女多嬌。

他在紅融融的燈下瞧她，愈發忍不住的憐惜。稀疏瀏海下，白皙滑膩的面容，含情帶愁的眼眸，咬著下唇盯住棋盤；而後看著他，濃濃的鼻音，說，今夜全讓你贏了，贏得開心了？

他微笑，卸下一粒棋子，眼光一瞬也不轉移。讓妳。他說。

悔不悔？她問，隱隱帶著笑意。

他搖頭，確定地，他不悔。

閒敲棋子落燈花。他有過許多這樣的夜晚，明月把竹枝映成窗花時，她便來叩他的門。為他研墨、替他補衣、陪他弈棋、幫他烹茶。

斜凭著桌，一手托腮，曲膝抵著竹凳，鳳頭鞋裡微露白紈襪。這回我可贏了。拈起棋子，輕輕放在棋盤上，咬著手絹，瞅著他，她開心地笑。

他隔著桌子，突然地向她伸出手，毫無預警。而她轉身避開，比他靈巧迅捷，繡著凌波水仙的紫色絲帕，沁涼地飄落在他的手背。他攥在手中，細細甜甜的香氣，屬於春花的。

她定定站著，看他把手絹收進懷裡。我要走了，她說。就像以前每一次，他只要想碰觸，她便離去；把他和他的沮喪，留在空無一物的房子裡。直等到她下一次再來，裡外穿梭，聲聲笑語，把冰冷的房子變得盈滿充實。

這一次不行。他再無法忍受她離開，掩上門，他請求她不要走。

她的眼睫驀地陰暗沉鬱。原來你也是個不守信諾的，她說。

他答應過她，從她初次神秘出現，他便答應，與她只做君子淡交。那時候，他並不知道，深切的愛意會吞噬掉友誼，達到崩潰邊緣。

他不在意她從哪裡來；她到底是誰，只要她做他的妻。這可不成，她扭絞著衣帶，從這一頭走到另一頭。他看她緊束窄小的腰肢，何等輕盈的體態，她是他一直在等待的女子啊！

你若一定要問原因，我便告訴你。僵持許久，她終於說，到水缸這裡來。

他們並肩站著。滿缸的水，反影著他的渴切與焦慮。我還是不明白，他轉頭詢問，面對一雙哀傷的眼睛。

我在哪裡呢？她問。

水缸裡的他瞪大了眼，呆若木雞，兩個人，只照出一個

影，還不夠明白嗎？

為什麼？他顫抖地問，命運為什麼這樣安排？

你怕嗎？你嫌嗎？她微弱的聲音在耳畔響起。

我不怕，不嫌，只是不甘心，他攀著缸緣，滑坐下來，我不會甘心，他說。

她告訴他，情動天地，誠感鬼神，如果他能遵守諾言，她便可以起死回生。

他說他可以，沒有什麼比失去她更難忍受；他發下重誓，若是背信，無論是人是鬼，永遠再見不到她。

期限是一年，他每夜熄燈後，把月光也隔絕，她便鑽進被中，與他同床共枕，黑暗中什麼都看不見，他們偎依著，不能開口說話，進入夢鄉。

半年後，枕畔已可細語，卻仍不可以見一絲光，他對她說從書裡看來的笑話，引得她伏在被中笑個不歇。每當這時候，她往昔斜凭桌角的嬌俏模樣，便撩搔他的心，一陣緊似一陣。

為什麼不能看她？一年就要度過了，只看一眼，她在熟睡中，不會知道的。沒有人會知道。

曾經，紅泥小火爐，烹茶的她，面頰瑩亮，眼如秋波，何等動人。

只有兩天了，連月光都鎖在門外，他躡手躡腳起床，漆黑之中小心摸索。思念與好奇澎湃著，淹沒了一切，包括他對她的承諾；他對自己的誓言。

彷彿聽見一聲嘆息，在他摸著燈時，並不真切。遲疑著，只剩兩天，應該沒什麼要緊，深吸一口氣，緊張而興奮地，點燃了燈。

舉起燈火，走向帷幕深垂的床，輕巧地揭起帳。光亮瞬間剿滅陰暗，所有的真相都不能遁逃，躺在床上的，不是他晝思夜想的女體，而是一具白骨；上半部已然生肉，卻在燈下痛苦翻騰，轉側呻吟中，肌膚迅速剝落融清。

他的驚怖顫慄的喊叫聲爆裂，燈，從他掌中飛離。

近處遠處的人趕來救火，替他撲滅鬚髮及衣袖的火焰，卻止不住他悽厲的悲聲；更不瞭解他拚命要奔回火窟的原因。

紫色手絹仍貼胸收藏，朝朝暮暮，提醒他，償付毀誓背約的代價。日落以後，他習慣居處在黑暗裡，凡有燈被點燃，都令他驚悚。

春天來臨時，恍然總見到女子俏生生站在門邊，手指繞著髮梢，盈盈地笑。好像曾經有一次，她眼中含著閃爍的情意，微偏頭，凝睇著他問：

你悔不悔？

碧波琉璃燈

林家女嬰誕生的夜晚，異常靜默，巧的是村裡曇花一齊開放了。四鄰都嗅著陣陣幽香，長輩們因此說，這女孩兒怕是不凡的。說這話，原是對喜獲掌珠的雙親恭賀的意思；卻沒想到，這小小嬰兒，後來果然高高地被供奉起來了。

少女在家人寵愛下成長，這商賈之家女兒，卻沒有一點驕矜氣，鎮日裡焚香讀書。生活中若有什麼些微變化，便是父兄自海上經商而歸，他們總有那麼多奇人奇事告訴她。尤其是兄長，鉅細靡遺的把自己看見的世界形容給她聽。他們是她的眼、她的耳、她的天地。

雲遊四方的老尼，為了林家姑娘而停留，在地方又引起議論。

少女在讀書以外，日日誦經、作功課，原本貞靜的容顏，舉動之間，更添幾分莊嚴。

老尼辭別之際，少女仍有疑惑，怎麼才能普渡眾生；如何才能大慈大悲？

當妳愛眾生如同父兄，便是正果。老尼飄然遠去。

兄長從遠方回來，為她點燃一盞琉璃燈，特殊的造型設計，即使在海風中也不熄，光采炫麗。

阿兄若在海上迷了路，妳便掌燈，引阿兄回家。兄長笑嘻嘻地說，他真切疼惜這罕言靜默的幼妹。

噩耗從海上傳來時，少女正伏地撿拾不知怎麼斷落滿地的念珠。

那些渾圓的菩提子再一次彈跳散落，向四面八方瀉流。

一批批搜尋者無功而返，愁急煎心的母親病臥床榻，日夜響徹不歇的木魚聲，在某個黃昏也止寂。

夜晚，村裡許多人都看見，林家姑娘一襲白裳，手提琉璃燈，靜悄悄地，往大海走去。

行過港口，父兄是從這裡上船

出海的；踩過礁岩，父兄曾坐在這裡垂釣談笑；登上最高的巖頂，父兄應該可以見到她的燈。

朝亮的地方來，阿爹。我來引你回家，阿兄。

海和天，是一種死去的黑，連一顆星子都沒有。海浪猛烈拍擊著海岸，沾濕了裙襬；海風蠻橫的席捲，幾乎站立不住。

有些迷途的船隻，真的因此而平安泊岸。只是，他們驚詫不已，原來，竟是個掌燈女子。駭浪狂濤中，根本看不出人形與燈，只見黑暗中一束晶瑩的發光體。

每一個搖搖而至的舟子，她都以為是血肉相連的至親；每一次的悸動與牽扯，都痛徹脾肺。

太長久、太渴盼，於是，每見到迷流大海上的人；每聽到崩潰與絕望的哭泣，她都以為是父兄。

那燈燃燒的不是油；不是燭，是她像春蠶一樣吐盡了的絲。

父兄的面貌在歲月塵埃中模糊了。模糊以後，她才省悟，普渡眾生，原來如此。

直到那一天，她在海邊消失蹤影；她的父兄始終不曾出現。

而海上的行船人仍堅稱，他們看見提燈女子，在各個不同的海域，成為一種庇護。於是，在這裡、在那裡，廟宇一座一座建造起來。

沿海地區的民眾，虔誠地在裊裊香煙中伏身膜拜，除了行船平安，還有太多太多慾念。他們用霞帔換下她的潔白衣裳；夜以繼日焚香，薰黑了她的臉龐，人們要的其實已超越自己所該領受的。

她只是個癡心女子。

永遠不能完成的心願；永遠不能斷絕的救援；永遠不能掙脫的塵緣。

千里眼替她看雲山以外的風景，順風耳替她聽海上波濤的聲音。

某個難得的清靜午後，盤掛在椽上的檀香飄墜飛灰。悠忽之中，彷彿又回到桂子飄香的後庭，聽父兄說遠方的故事，這才記憶起一切的最初緣起。

同時，微微焦慮地努力思索，那盞琉璃燈在什麼時候，遺失到哪裡去了？

尾聲

深幽的夜裡，燃起一盞燈，並不做什麼特別的事。亙古以來，在世為人必有的孤寂冷清，便悄悄掩至。

偏偏我沾不得一點酒精，否則，可能像善飲的古人般，搖曳燈燭中，邀請精怪神鬼入席，共浮一大白。翻閱那些卷帙，狐鬼之流，嫵媚瀟灑，無不真情；我看見撰述者的深情與寂寞。

對人世冷暖看得透徹明白，才想將心情寄託鬼域吧？

好像古墓中豔魂，用全部的溫柔，撫慰所有希望和憑藉都被斫斷的孤兒。牡丹燈，將是那男子生命中恆常的溫暖光亮了。

巧笑倩兮的一縷幽魂，卻不甘於一夜纏綿，她要的是人間夫妻；癡心的要一副肉身，成個女人。是她的男人背棄誓言；燈亮處，焚毀了奢侈的想望。

也是個癡執女子，註定不能成人，於是位列仙班。海畔點亮的燈，永不熄滅，世世代代，在人心裡傳遞下去。

各位看官，您有怎樣的一盞燈？

燈下有什麼樣的傳奇？

——選自一九九〇年《百年相思》

荷花生日

江南一帶以六月二十四為荷花生日。隱遁濕泥中等待了一個春天的荷，冉冉地浮升，剎那間，破水而出。

圓葉，初生的被稱做荷錢，悄悄透露了荷的身世與來歷，原是富貴的水生花。而我真正見到荷錢，是在杭州西湖的三潭印月，島上的荷池，燦燦發亮。走得更近才發現，荷葉上被人投擲了大大小小數不清的硬幣，儼然成了一座許願池。

不遠處的年輕母親把錢幣放進孩子掌心，小孩踮起腳尖奮力拋出一道弧，荷葉被擊中，旋轉著，托住錢幣，也慈悲地托住一對母子的夢想。微風變幻著光影，佇立池邊的每張面容都因錢幣的反射而明潔。荷葉上鋪滿的錢幣，則令我困惑：究竟是中國人的願望太多？或總是不能如意？

一池荷葉衣無盡。

人們殷殷祈求的，不過是衣食充足罷了。然而在許多時代，這想法卻成為奢望。所以中國人常處在一種匱乏的狀態，或是物質，或是精神。

大學時教授文選的老師，正直、耿介，卻也有著匱乏，一種深入五臟六腑，時時發作卻無法藥治的病症，曰思鄉。七十幾歲的老先生，把一篇篇看似平常的古文，解析得有聲有色，對學生的要求相對的也很嚴格。有一回老先生在課堂上發現部分同學沒帶課本，只將課文影印替代，詢問理由，同學回答：「太重了。」老師勃然大怒，說自己住那麼遠，都不覺得重；住在學校宿舍的同學卻嫌書太重。老先生拂袖而去，憤怒之中還摻著傷痛。

老先生離去以後，全班嘩然，不知所措。我在座位上合起書，才注意到這書確是重的，像這樣的書，我每天總要帶兩三本來上課，而在通學往返四個多小時的路程中，因為覺得理所當然，竟忽略了它的重量。以後，再沒有老師在課堂上像這樣糾正我們的行為；便是我自己成了老師，也不曾如此。現代的師生關係，講究的是溝通與諒解——若溝而不通，只得諒解了。但，我還是懷念老先生對自己和學生的嚴格，那站在講臺上，髮絲花白的，是一種令人景仰的儀型，每一句話都能理直氣壯，不僅是經師；更是人師。

後來，老師還是回到班上給我們講課，每次我都直盯著看，目不轉睛，恐怕稍不留意，就會錯失什麼重要的字句。

學期即將結束，天氣燠熱難耐，老先生想必察覺了我們眼睫的倦懶，於是放下書本，說起故鄉與年輕歲月。老師也曾有過嬌痴的青青年少，夏季裡夥著同學們，袖一瓶好酒，央求教詩詞的老師到太湖上課，師生們租條船，泛進荷田深處，荷葉粗壯高挺，既可遮陽又能避雨，一片碧綠盈眼。荷葉深處聽得見一唱一和的採荷女歌聲清揚。老師用荷葉盛酒，穿透荷莖，直流入咽喉，荷葉盅擎在手中，詩意盡在玉液瓊漿裡流瀉，何須講授？

聽故事的我們，距離太湖好遠好遠，嗅不著荷香，卻在初夏的溫風裡，嗅著一股不知名的香氣，清冽而放肆。應該來自教室旁的山坡，相思樹和一叢叢竹子，遮

蔽天空，使我們有一片陰涼幽靜的所在。

此時，當我傳述這個故事，講臺下的學生睜著年輕的眼眸，出神、嚮往。而教室旁的山坡已被夷平，成為新建大樓的工地，鎮日裡沙土蔽天，機械聲隆隆響著。

原本就不寬敞的校園，因工程車進進出出，顯得更偪促。學生與我商量轉學考的事，態度十分堅決，因為他不喜歡這個校園。這地方也曾美麗，但他沒趕上；這地方完工後可能有很好的遠景，但他等不及。

青春如此倉促呵。

我遂不再言語。感情若不曾歷經歲月的培養成就，便不能深厚；唯有深厚的情感，才禁得起等待。甚至等待本身也值得記憶。

最初，我完全迷眩於荷花的姿容，卻在靜待花開的過程中，發現寬闊如裙的荷葉，也有著無法取代的圓滿動人。

一直覺得這花是從天堂移植來的。每一朵荷，都是一個自足的世界，為東方人所鍾愛。中國人注意到嬌媚的花色，較少香氣；花瓣層疊繁複的，多不結果實，荷花卻能兼具色、形、香，還在蓮蓬中結成潔白的蓮子，清脆甘甜。

荷花又象徵百年好合的吉祥；藕斷絲連則有著欲捨而不能的深情相思；菩薩座下是一朵荷花，優雅、自在，有什麼花比荷花更適切？

到泰國去旅遊時，正是生命中一次淺淺的低潮，又逢冬季，台北植物園的荷花池，如一面擦拭過的明鏡，照見自己蒼白的容顏。

陽光卻等在泰國，荷花也等在那兒。商店、飯店、街道，隨處都可以見到，亭亭的一株又一株。入鄉問俗，我向寺廟旁一個黝黑大眼的小男孩買了一株白荷花，進入金碧輝煌的建築物去朝拜。白荷內部仍是花苞，外緣已綻放的部分被整齊地折疊成花托，托著那燭火一般瑩亮的鮮妍潤美。

莊嚴地擎著這株白荷，行走在喧嚷嘈雜的人群中，心情奇異地平靜舒和了。生命與美，便是我今生的皈依。

小時候看神話電影，最愛哪吒三太子，愛他雖是孩童，卻已打抱不平，一腔熱情。愛他在殺死龍王太子，闖下彌天大禍時，以匕首自戕，昂然地說：「以血還父，以骨還母」，不肯連累雙親。魂飛魄散，他的師父用蓮藕拼出他的形體，用荷葉替他裁衣，最後，用一朵盛開的荷花變成他的容顏，這樣清麗的再世為人。

許多年後，在四川大足寶頂山石窟的佛雕中，看見誕生於荷花的童子，他們嬌巧可愛，安詳恬靜，據說因生於荷花，故而一塵不染，沒有凡俗的痛苦嗔怨。我仰望許久，帶著忻慕的情緒。

住宿在重慶，飯店的藝品販賣部有泥塑彩繪的荷花童子，可放在掌心賞玩，我挑選了幾個特別精巧的，仔細包裹在箱子裡，一路顛沛折騰，好不容易回到家來。小心翼翼取出來，卻見到耳朵、鼻子、小小臉頰，滿是斑剝的傷痕。先是懊喪、疼惜，然而，把他們安放在架上時，突然忍不住地微笑，即使是生於荷花的童子，既入紅塵，也免不了要有磨難和傷挫的。

架上還放置朋友燒製的陶藝品，一片枯乾的荷葉做成盌形，下有蓮藕，上有花瓣已然落盡的蓮蓬。它應該叫做「聽雨」，初見時尚未上釉，我急急為它命名。朋友上了和陶土接近的顏色，燒成以後，送來給我。

留得殘荷聽雨聲。

荷殘便該是秋天了，然而，聆聽枯葉被雨漏敲打時的回聲，卻仍充滿著澎湃的生命力。

有些酷暑長夜，燃燒似的熱浪，令人輾轉難眠，我便起身，將「聽雨」擱在窗台上，想像著一場清涼的雨。

生於季節的荷，終將歸返季節，深深隱遁在水鄉，帶著前世的繾綣回憶，靜靜等待下一次，生日。

——選自一九九三年《人間煙火》

和春天握手

冬眠驚醒

連綿的雨勢，不饒不歇，像是一種不肯妥協的堅持或者宣告。我站在夜晚的講臺上，身後黑板深幽幽地，彷彿是一汪直立起來的水潭，總覺得脊背陰濕寒涼，恐怕氾濫傾瀉。

教室裡所有的日光燈都開著，通明徹亮。學生們熱烈討論，成一片忽急忽緩的雨聲。突然有個孩子說：

「今天是驚蟄吔！你們知道嗎？」

那話語中有著喜悅的情緒，迅速感染每一個聽聞消息的年輕面龐。

原來，又是驚蟄。

莫怪這幾天夜裡，有時竟不知什麼原因，驀然轉醒，醒來的時候，意識清晰，髮絲涼涼地貼著頰，眼眸炯炯地睜著，大概是黑暗中僅有的光亮。稍稍活動手腳，感覺著棉被的軟厚溫暖，像春天鬆軟的土地。為什麼會醒來呢？不是冷；不是夢，我在枕上聆聽，周遭很靜，連雨聲也沒有，只有遠處車子疾馳而過，走在夜的邊緣。

為什麼會醒來呢？正在夢中好好地和人說話，突然被扯開來，扔進房間，扔進被褥，很不禮貌地把人丟下不管了，這真不是我的作風。想要解釋，卻不知能不能追上那夢；就算追上，那人怕也離開了。

曆書上說到驚蟄——蟲類冬眠驚醒。

原來是季節裡響起的初雷，正如天地形成的第一聲霹靂，所有的山嶽河川都應和；鳥獸蟲魚都聽見。我也聽見，並且自那召喚中甦醒。

驚蟄以後，在我密密麻麻的行事曆上，又慎重地添上一筆：靜聽天地萬物，漸次甦醒。

晝夜平分

朋友們見我不分季節，在不同的校園裡演講座談，常常用疼惜的口吻輕輕責備：

「幹嘛這麼搏命？妳的身體很強壯嗎？精力很旺盛嗎？」

不是啦，我微弱的申辯，都是年輕的孩子嘛。

「不一定非要妳呀！難道沒有更重要的人？」

我笑著搖頭。比我重要的人太多太多了，當然不一定非要我不可。但，我如何才能說清楚，那些年輕的面容，帶著好奇而來，類似的心靈與情緒悄悄貼近，因為彼此都是平凡人，難免固執，難免軟弱，難免惺惺相惜。

其實，我一直對演講座談之類的事，有著無法消釋的恐懼。演講前的失眠陰影，長相左右，總是不能克服。

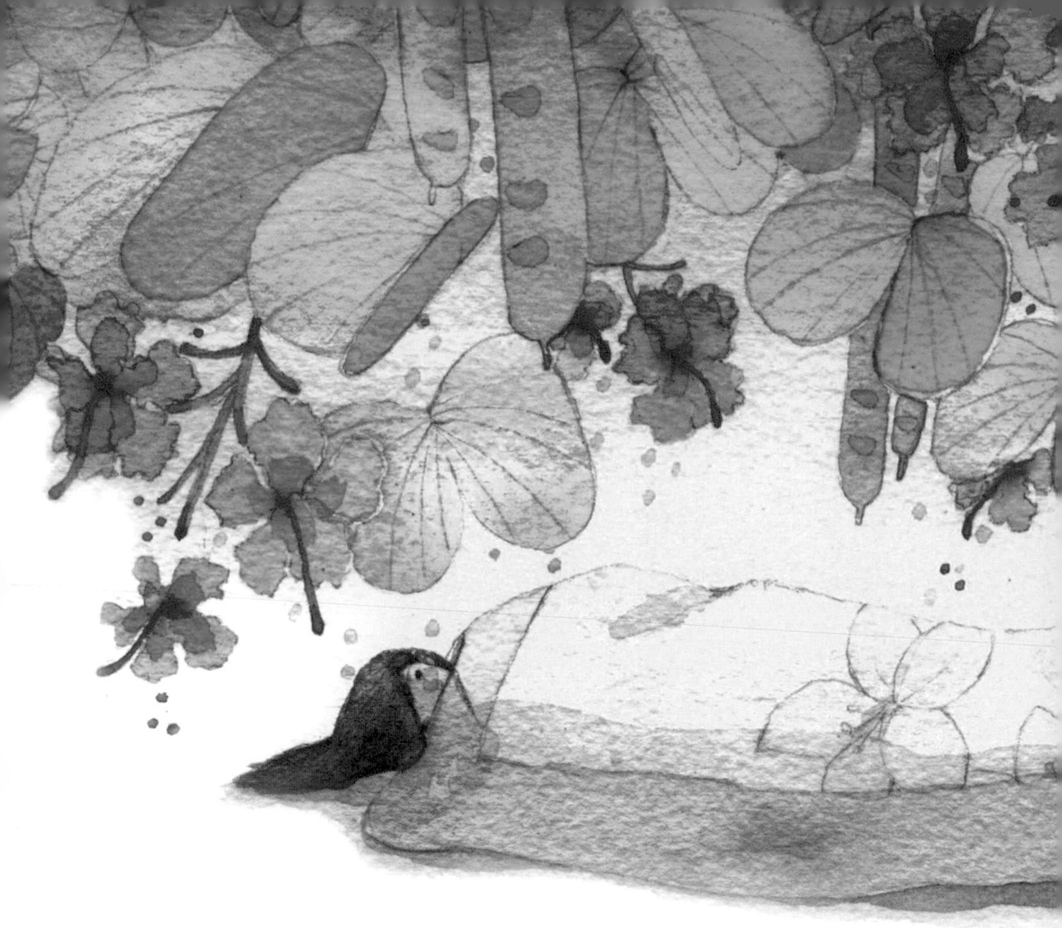

朋友深知其苦，忍不住勸諫。也因此，朋友被學生催逼，邀我去她任教的專校座談時，顯得格外艱難尷尬。

為了這一場邀約，坐火車南下，我在前一夜抵達，剛進朋友家，電話鈴響起，主辦活動的男生已不知打來多少次，聽見我的聲音，他說：

「啊！張老師！妳來了。」

既是預料中的事，為何還有這樣驚喜的嘆息？

「我們只是想確定妳已經到了，想知道明天中午能看見妳。」

會看見的，我說，明天我就會看見你們。

第二天，我與那群等待著的孩子相見，那群正當春分的孩子，笑臉相迎。

談的主題是「文學中的愛情」，談著談著，「愛情」變成了唯一的主題。

「愛人與被愛，應該如何選擇？怎樣才能幸福呢？」

難道我們只能選擇愛人或者被愛嗎？愛人若沒有回報，太苦；被愛而無以為報，太累，人生多煩憂，為什麼還要添上這一樁？我不作這樣的選擇。

所謂幸福，應該是一種傾心的相、遇。

「和那個男孩在一起很快樂，他對我也不錯，只是，從來沒有明白的表示過。我可以主動表達自己的心意嗎？」

當男性愈來愈怕受傷，乃至怯於表達的時代，女性仍受縛於種種約束與觀念，那麼，二十一世紀將會是什麼樣的愛情？

然而，假若在一起真的很快樂，又何必特別明白的表

示呢？有些人亟於確定；有些人卻畏懼確定呵。

「我真的愛他，竭盡心力對他好，可是他一點都不領情，我也知道這樣很傻，可是就是沒有辦法……」

妳已經對他這樣情深，而他不領情。那麼，為什麼還要愛他呢？為什麼不好好的愛自己呢？為什麼不——

我的話語猛地噎住，因為，年輕時曾經說過，愛是不需要回報的，愛的本身就是一種完成。

此刻，當我問：「為什麼要愛一個不愛你的人？」

我已經老了。

我只想活得好而不是活得美了。

一雙冷眼看世人，滿腔熱血酬知己。

當一雙眼眸漸漸幽冷，要怎樣保持情感的溫度呢？

像春分一樣，把晝和夜劃分得如此平均。

景色清明

為了犒賞我的奔波，朋友在溪頭附近的小木屋安排住宿。

原本弄不清方向的，被霧阻絕道路時，能夠確定，是往溪頭去了。霧，竟是來領路的。

杜鵑花開得綿密柔軟，如果自己能輕盈些，便可以在杜鵑花叢上安眠了。那些粉紅絳白，一定會讓夢境更豐富多彩。

木造小屋中的木香仍未散去，我們坐在寬敞的玻璃窗前，看霧升了又降；放了又收，霧消散以後，窗外景色反而令人難以置信的虛幻瑰麗。

入夜以後，下雨了。

雨敲打在屋頂，敲醒木頭前世的記憶，曾經是樹，有枝有葉，有根有土。匍匐在屋上的木頭，於是化成了絃，讓雨彈奏，它不僅是房子，還是一張琴。

那夜睡得很沉。

將醒時，天已經亮了，晨光穿透半掩的窗帘。憑著昨夜的記憶，我知道門畔窗前的羊蹄莢已然著花，像翻飛的粉色蝴蝶，那麼，我聽見的鳥叫聲，是從這樹上傳來的了。

我就要醒來了。

是什麼，遠了又近，近了又遠，一種流動的、柔滑的、溫潤的，我伸出手輕輕觸摸。

啊！

在驚歎中醒來，一次神秘的經歷。

朋友們仍然熟睡，鼻息安詳平和，我擁被坐起，回想著，剛剛，不久之前，雖然只有一剎那，但我知道發生了什麼事。

衣袖上猶殘留著痕跡，春泉、春霧、花樹、草露，融合成醇美甘芳的氣息。這香氣至少可以持續到夏季，我想。並且可以證明。

那個早晨，我曾經握住了春天的手。

——選自一九九三年《人間煙火》

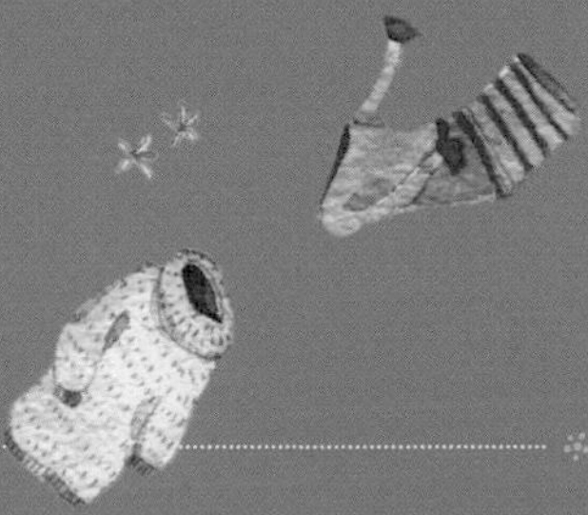

舊衣

將近冬至，卻沒有一點寒意，人們都說，今年大概是個暖冬。是個暖冬嗎？我在心中微微嘆氣，那麼，便無法品嘗厚重衣物層層包裹，仍打寒顫的滋味；無法體會陽光在冬日的和煦溫暖；無法確定季節的流轉更換。

回家時在樓下大門看見一張告示，通知住戶將舊衣整理好，打包，集中送到樓下，約定好的時間裡，某個宗教團體會來收載，並代為捐贈。黃昏時分，鄰居們都回來了，在樓梯上揚著聲音互相提醒：

要收舊衣服啦！

是啊，是啊！

什麼時候來收？可別忘記了。

沒關係。忘了我提醒你。

好哇！謝謝你。

我站在半開的門口諦聽，那些熱烈的呼喊此起彼落，有著難抑的喜悅情緒。一直想找個管道處理穿不著而不算舊的衣裳，好像也聽說有收集舊衣的處所，但不知道在何方。

曾經有一次，朋友駕車帶我遊車河，在一個陰霾的午後，堵塞在紅綠燈中，有些心煩意躁，於是決定往郊外走，沒有目的地，向盆地邊緣的山駛去，人車都少了，紅綠燈也沒有了，我們，也宣告迷路了。

「這是什麼地方？」我輕聲問。並不驚疑，反而隱藏著一種難以解釋的躍躍欲試。

以往和朋友們去旅行，手忙腳亂查地圖、找路標，天昏地暗之際，我忍不住搶先宣布：

「哇哈！我們迷路啦！」

大家都轉過頭，怪異的看著我，不能置信地問：

「妳為什麼這麼興奮？」

我一直相信，迷路的時候可以看見意料之外的好風景；卻忽略了迷路對其他人的打擊。

所以，遊車河以至於迷路的時候，我努力不流露真實的情緒。

然而，這一次的迷路，我看見收集舊衣的房舍，牆上鮮明的漆著電話號碼。我指給朋友看，朋友看過以後轉愁為喜：

「我們還在大台北地區。」

我快速背誦牆上的數目字，並且要求下一次載我來捐舊衣，朋友慨然允諾，一邊加速向前飛馳。

我們談起唸小學時，防癆郵票、冬令救濟，說到自己穿著舊衣，卻還向母親吵著要把衣服捐給「窮人」；說到總要求母親多加一碗米在袋子裡，讓我帶到學校去「救濟」，說著說著，彷彿又回到童年的教室。水泥地、木框窗，把老師和講桌圍在中間，看著一袋袋白米傾倒在鋁桶，溫暖的米的氣息撲飛在臉頰上。

已經沉然片刻的朋友，有些艱澀地說：

「小時候，我可能吃過妳救濟的米。」

坐在寬敞舒適的轎車中，看著那雙穩穩掌握方向盤的手，突然，我不知道說什麼才好。在一段無聲的靜寂裡，朋友對著我粲然地笑了笑。在那溫和篤定的一笑中，我發現我們又回到璀亮流麗的車河，華燈初上的夜台北。

而我已經忘記了那一組電話號碼。

坐在地上清理衣物，竟有著整理舊相片的心情。不算短的成長歲月，我是地攤的擁護者，有限的經濟能力，使我在逛地攤的時候興高采烈。服裝的搭配，是極

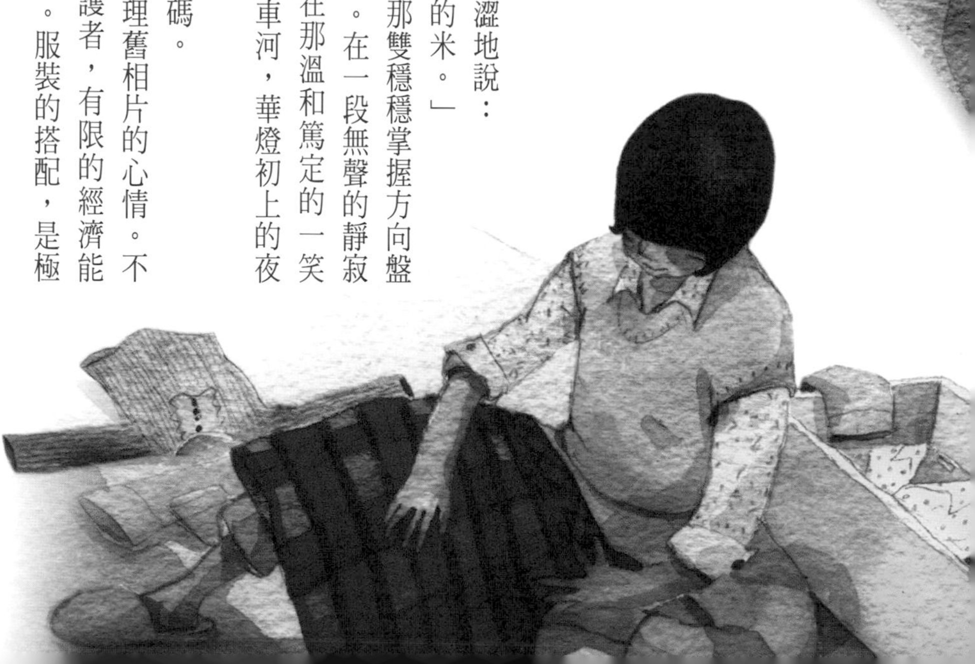

具成就感的挑戰，每當朋友們懷疑地問：

「這套衣服這麼便宜。是真的嗎？」

我微笑著，把這話當作讚美。

攤在膝上的毛呢格子裙，是十六歲除夕下午，父親陪我到新開張的百貨公司，在打折犧牲品中挑揀的。百貨公司準備打烊，又不甘心放棄最後一筆生意，售貨小姐心不在焉的拔高音調催促著，令我心慌，想要作罷。

「腰圍太寬了。」我對身旁耐心等待的父親說。

「請媽媽挪一挪釦子好不好？如果喜歡，就買了。」

於是，在除夕的深夜裡，母親好容易忙完，坐下來替瘦得可以的女兒挪釦子，讓我在大年初一，有合身的新衣穿。我的手指停留在釦子上揣想，將是怎樣的小女孩擁有這條裙子？與當年的我一樣羞澀孱弱，或者是個健康開朗的少女？無論如何，希望她能有母親為她挪釦子。

黑底米白花的寬鬆洋裝，是在公館地攤上買的。初進大學，人生地不熟，套著這襲黑衫，有一種莫名的安全感。幾年以後，結交了不少好朋友，黑衫漸漸不穿了。畢業以後，朋友們流雲四散，卻仍互通訊息，有一次，朋友的信上寫著：

「記得是在秋天的陽光裡，我和同學們在樓梯上聊天，突然有人指了指從遠方走來的妳說，看，我們班的轉學生。妳的長髮編成辮，穿著黑花洋裝，款款走來，臉上什麼表情也沒有，愈走愈近，我的心中突然湧起溫柔的疼惜，如此乾淨勻亭的一個女孩……」

黑洋裝捧抱在胸前，驀地有一股割捨的痛楚，十年前的似水年華。

然而，留住一襲舊衣，卻也留不住昨日青春呵。

誰說「人不如故，衣不如新」？我花了大半天的時間清理出三包衣物，也檢視著自己悲喜交集的心情。

冬至過後，寒流猛烈來襲，一波接著一波。暖冬之說，不攻自破。中午出門，看見大門口堆著幾只鼓鼓的大塑膠袋，我怔了怔，猛然想起，轉身按電鈴，對樓上的母親嚷嚷：

「要來收衣服了！快拿下來呀！」

我從街頭走到街尾，每家門口堆疊著大包小包紮好的塑膠袋，五顏六色的袋子，像精心製作的禮物，使尋常街道繽紛美麗。街上的人們在收拾舊衣的時候，也與我有類似的經驗嗎？當舊衣被包紮起來以後，便是另一次新生了。

即將耶誕，不知情的人闖入這條街道，會不會以為聖誕老人剛剛經過？也許追趕幾步，轉彎的地方可以看見雪橇的蹤影。這樣想著的時候，我忍不住輕快地跑了起來。

——選自一九九三年《人間煙火》

約在北京城

我在長春下榻的飯店打電話，那時，東北冰雕旅行團已經集結完畢，準備搭車遊覽，展開一天的行程。氣候嚴寒而天空晴朗，顯然，看雪的希望又要落空了。狹小的電話間裡，打到北京的長途電話遲遲沒有接通，我愈覺焦慮了。為什麼打這通電話？只見過一面，甚至沒特別交談，能不能算是朋友？雖然緣只一面，卻慷慨付出善意，該不該叫做朋友？不在乎距離遙遠，只想知道彼此安好，因此持續通信一段相當時日，可不可以稱為朋友？

電話忽然接通，轉到一個陌生的聲音，停住（這聲音曾短暫聽聞，卻早已忘記，此刻像是在與陌生人交談）。

我報出自己的名字，有一陣短短的空白，然後——啊！喜悅的驚歎。

「妳在哪兒呀？」這句問話有著飽滿的笑意。

「你猜。」我驀地從容不迫了，因為是和朋友說話呵！

「北京！」

「不是，」為著朋友那樣興高采烈的聲音，我禁不住微笑了，「我到東北來看雪，但是一片雪也沒看見。過幾天就要到北京去了。」

幾乎是同時，我們兩人一起問：

「可以見見面嗎？」

導遊朝我這裡招手，有催促的意思。我們匆忙訂下見面的時間、地點，互道再見之後，北京的朋友突然說：

「真希望妳可以看見雪。」

隔著長長遠遠的距離，他說得慎重真誠。（是不是只要我們真心真意的期盼，願望便可以實現？）

然而，我終究連一片雪也沒有見到。

幾經波折，總算在約定的時間，趕到了北京。

「假若妳可以在秋天來，那麼，我便陪妳上香山去看看紅葉，遍林遍野，熊熊燃燒的紅葉……」朋友在信中，曾經這樣邀約，把香山的紅葉，形容得如此美麗，令人忍不住想投奔而去。當我果然來到北京，卻錯過了紅葉，也沒趕上飛雪。

朋友依約而來，我們在窗邊坐下，點了熱茶和咖啡，夜晚九點，零度以下的低溫，朋友的面容比記憶中蒼白，我想，他需要暖和一些。

剛見面都不知道說什麼才好，彷彿坐在這兒只是為了等熱茶和咖啡上桌。喝茶的時候我問他住得離飯店遠不遠？怎麼來的？他說騎腳踏車來的，不遠不遠，挺近的。喝過咖啡，他的臉漸漸紅潤，聊著聊著，我又問，從家裡到飯店，得騎多久的車？

「只要四、五十分鐘，」他說。

四、五十分鐘？這樣冷的天，這樣大的風，這樣輕描淡寫的無所謂。

大概看見了我眼底閃過的愧疚，他連忙解釋，一個小時以內都不算遠，沒事兒。

「北京城可大呢！」他笑著說，一個成年男人，卻仍有著童顏的笑靨，我看著，緩緩鬆弛下來。

那時正當舊曆年前，問他是不是要回家鄉團圓？他說早沒有家了，文化大革命，父母反目成仇，兄弟姐妹四散流離。原本可以安樂平靜的一家人，卻愛恨夾纏不清，各在天涯一方，應當有深深的遺憾吧？可是語氣聽起來十分平淡，也許認了命，會活得容易些。

我們聊著，明確感受到時間的壓迫；我們聊著，窗外懸掛的小燈泡被風吹得狂亂擺動。

燈華如同雪花。

咖啡座準備打烊了，我們只好道別。又是不約而同的，取出禮物相互饋贈，我送了他巧克力和幾捲恩雅的錄音帶，他是如此熱愛音樂，眼瞳燦出光采。隨即拿出兩捲我曾尋找卻沒能找到的音樂帶，還有兩包一顆顆黑黝黝的東西。

「這不是巧克力。是——栗子！」他笑嘻嘻地說。

栗子？是我最愛吃的零食；是我最愛卻從沒有透露過的秘密。

「我也不知道該選什麼給妳才好，本來想買冰柿，大概台灣是沒有的，可是怕化掉了。最後想想，決定還是糖炒栗子好些。挺好吃的，帶回去也方便些。是吧？」

朋友說這些話時並不看我，他曾經這樣反覆思量，一遍遍問自己：她究竟喜歡什麼呢？那個千里迢迢到北國看雪的南方女子。他想著，臉上或許就浮現著這樣的笑容。

我想像著，接到電話以後，下班時間，他便一條一條街道尋找，然後，終於停在糖炒栗子攤前。兩大包熱騰騰、香噴噴的栗子拿在手上，放進背包裡，等待著台灣的朋友。

我把一袋栗子拿起來，冰涼的觸覺，它們曾經被炒燙，而在等待中，在寒冷的夜風中，漸漸冷去。

冷透了，像一塊冰。

「謝謝你，我很喜歡栗子的。」我儘量平淡地說，不想表露太多情緒。已經是個成年人了，為何如此容易感動？

「是嗎？那好極了。」他開心地笑起來，並不掩飾。

走到飯店門口，他穿上外套，背好背包，我們互道珍重再見。我想送他到門外，而他堅持不肯，說是門外太冷，我的衣裳太單薄。

「快上去吧！別著涼了。」

我站在玻璃門內，當他推門時，一股強硬的冷空氣衝進來，我抵擋不住，退後兩步，猛地打個寒顫。而我的朋友已走進深夜的寒風裡了。

轉過頭，咖啡廳的燈光熄滅了，一片漆黑。像是一個暖融融的舞臺，演員才退場，便迫不及待落下幕來。我有些惆悵，相約以及會面，皆恍惚若夢。

乘電梯上樓時，忍不住取出一顆栗子，握在掌心，打算回房就吃。然而，那是我們旅程的最後一夜，第二天清晨，便要趕搭飛機返回台北了。團員們紛紛把行李送到門口，我也加入，喧嘩吵鬧，人仰馬翻，忙了一陣子才靜下來。

關了燈，我走到窗前，俯瞰夜北京，有幾盞燈總亮著，連成一個輪廓，迷濛地，並不清晰。來來回回，在北京停留過好幾回，而這次以後，這城市的意義將有所不同，因為我有個朋友住在這裡。

我的朋友，此刻應當已經穿過寒徹骨的夜霧，回到家了吧？

我發現自己仍緊緊握著那顆栗子，用體溫將它暖熱。拈起來，送到唇齒之間，輕輕地咬開。

如此，柔軟甘香甜潤。

——選自一九九三年《人間煙火》

THIS USED TO BE MY PLAYGROUND

我的最初的，最留戀的遊樂場，就是醫院。

別的孩子進醫院，總是免不了要一把鼻涕一把眼淚，我卻是懷著親切歡喜的心情，雀躍的，從庭園裡修剪成各式各樣動物的綠樹穿越，跑過噴水池，一頭竄進醫院大廳掛號處。

毒烈的陽光被阻斷，驀地陰涼下來，空氣裡浮動著藥的甘香，幾根圓柱貼滿大大小小橢圓形的粉彩磁磚，像一枝枝龐大的糖果棒。我仰著臉繞圈子，直到暈眩，才一路奔跑到樓上護理站，尋找當班的母親。醫院裡的醫生護士，我總是喚「伯伯」、「阿姨」，他們時常從抽屜裡拿出蘋果或糖果給我吃，這些人看著我誕生，甚至幫我洗降臨人世的第一次澡。當我還被父母抱在手上時，是醫院所有人的小孩，打過預防針後，路過長廊，每個阿姨、伯伯見了，都忍不住在屁股上一拍，親熱地喊：

「小曼啊！好乖！」

於是，我剛剛閉上的嘴又裂開，哭得好不傷心。

長大以後常聽父母提起這一段，心裡不無虛榮的想著，原來我曾經那麼討人喜歡。即使那時還幼小，也能明白，這樣的哭泣，為的不是對生命的焦慮與驚懼，只是受著寵溺。我懷疑這感受已潛藏在心靈深處，我一直記得小小的自己在空著的病房遊走，在診療床上午睡並醒來，假裝迷失在長廊中，再假裝忽然找到媽媽了。我玩著自己一個人的遊戲，如此自由盡興。

可是，第一次因為牙疼而進診所時，我的遊樂場變成了夢魘。

小鎮上那時只有一家看牙齒的，不是牙科，而是所謂的「美齒」，從診療椅到器械都是巨大冰冷的。小學放學時，同學帶我去看空蕩的診所，並且，繪聲繪影的形容一個老太太怎麼被綁在椅子上，哭喊掙扎，醫生把鋸子搗進她的嘴裡，鮮血流了滿地，我聽得頭皮發麻，同學熱心的補充結局：

「老阿媽後來就死在椅子上了。」

我被蛀牙折騰了好些日子，牙床化了膿也不肯告訴父母，直到夜晚夢中，受不了痛，細細哭起來，於是東窗事發，被帶進美齒。

爬了好幾次，都沒能成功爬上診療椅，因為顫抖得太厲害。當器械尖銳響起，伸進我勉強張開的嘴，我終於瞭解「世界末日」的意義。

對於牙醫一直充滿恐懼，因為換牙以後，父母親赫然發現我微微突暴的門牙，這一驚非同小可，從容貌、姿態，想到我的終身大事，覺得有非常之必要，採取一些補救措施。

矯正牙齒，便是今生第一樁，也是目前為止唯一的一樁整型美容手術。

不知道是模型做得不好，還是怎麼地，每一次牙套都太緊，醫生不肯調整牙套，更不肯重做，便將我的健康的牙齒磨小，去適應不合適的牙套。有時候纏牙的金屬線沒有磨光，一說話或咀嚼便刺破嘴裡的肉，總嚐到縷縷血腥味，我訓練自己去適應這樣的疼痛。

後來才知道「牙科」與「美齒」是兩回事，但，聽見器械響起便六神無主的驚惶，是避免不了的了。有時心情沮喪，便夢見牙醫朝我走來，他沒有五官，全身包裹著金屬，滋滋喇喇的響著，手伸向我，是虎克船長的鐵爪子，尖利閃亮，命令我：

「把嘴張開！」

我咬緊下唇，抵死不從，醒來還要怕一陣子。

少女時代，到住家附近診所看病，軍中退休的老醫官有一張和煦的面容，從婦幼到內外科，從癩痢頭到香港腳，沒有不能治的，從不著急，操河南口音，慢慢說話，在這樣的安撫下，什麼病苦也不用擔心。高中聯考前，我感冒求診，老醫生彷彿是我們的家庭醫師，他特別寫下一個聯考餐飲配方給我。早上起來，喝杯濃茶，每餐只喝鮮奶，不吃別的東西，能讓人神清氣爽，思路敏捷。

我當時成績很差，連門檻都摸不著，可憐天下父母心，爸媽像求到一張靈符似的，奉行不渝。我以為一定會餓到眼冒金星的，不料果然精神充沛。這獨門配方的食譜，一直到我考研究所仍沿用著，不想探究到底有沒有效果，只是基於一種對篤定神態的信賴感。

我後來一直對診所裡的醫師很有興趣，特別是規模愈小愈有趣。有一年冬天，我上完夜間部的課，還要去做午夜的廣播節目，身心都是極大的損耗，常常覺得撐不下去了，接著便咳嗽，喉嚨不舒服。我到附近新開的診所掛號，一位戴眼鏡的方臉男人替我掛了號，進入診療室才發現，就是醫師本人，不難想像，待會兒配藥收錢的，肯定也是他。

那天，他檢查我的喉嚨，傾聽我對病情的陳述以後，微笑地說：

「妳沒有生病啊，其實。」

我努力爭辯，難道我的不舒適都是自己的幻想嗎？我睡不好，也吃不下——

「妳只是跟環境相處得不太和諧。所以，如果不能改變環境，就要改變妳自己了……」

我注視著鏡片後面沒啥表情的眼睛，忽然間，有了一種全心全意的領受。

醫生身形矮小，有些不良於行，他很客氣，說不好意思不能開藥給我，叫我多休息。我很莊重的向他道謝，因為我本來只是來求醫，卻有了一種悟道的歡喜。這是一個醫生，還是哲學家呢？

陪朋友帶小孩去兒科診所，一踏進去，就像個卡通世界，所有小朋友熟悉的卡通人物都到齊了，孩子們玩著看著，暫時忘記了病苦。醫生是笑咪咪的中年人，叫我們過去看小孩發炎的喉嚨，布滿白色小點，醫生說：

「看！妹妹的喉嚨在下雪。有沒有看到？」

我迅速將眼光從喉嚨轉向醫生，揣測著，究竟是詩人化身為醫生？還是醫生化身為詩人呢？

母親突然因為蜂巢炎急診，並且住進尚未完全啟用的新醫院，當天下午父親搭

公車探望，快到站時，司機緊急煞車，父親摔成脊椎骨折，也進了急診室。一天之內，兩位至親都進了醫院，雖說沒有太險惡的情況，卻也教我心力交瘁。新的醫院有嶄新的設備，沒有難聞的氣味，醫護人員也都親切和善。

因為心不在焉的緣故，我按錯了電梯按鈕，門打開時便跨了出去，電梯離開，把我一個人遺留在空蕩蕩的樓層，陽光明晃晃，大片灑進來，我只是站著，四下環顧，再沒有奔跑著，玩躲貓貓的興致，也不會尋找到年輕的，穿著護士服的母親。

醫院曾經是我的遊樂場，然而，再也不是了。

——選自一九九八年《夏天赤著腳走來》

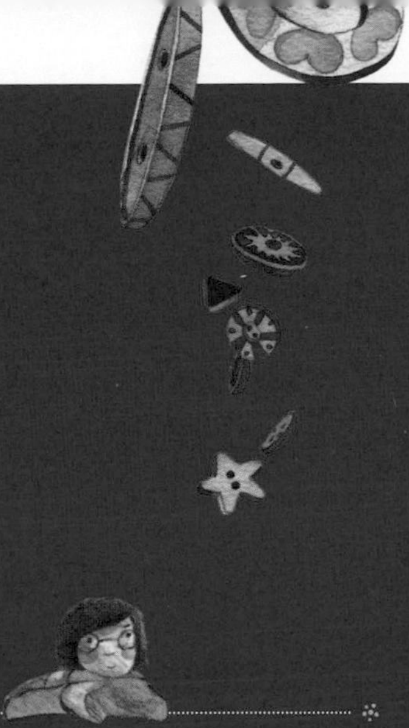

嘩啦嘩啦，
嘩　啦　啦

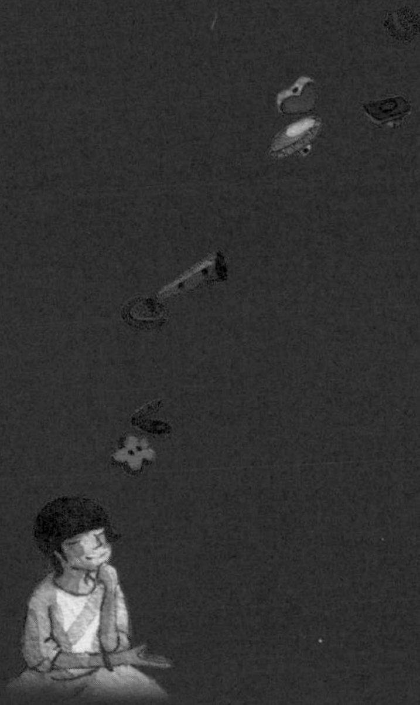

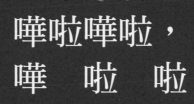

為了讓我和弟弟有一個不受干擾的讀書環境，年少時家裡的電視總是關閉的，一塊暗沉沉的黑玻璃。聯考、聯考，彷彿永遠也考不完，永遠也長不大。那時候，我最樂意做的事，就是幫母親整理五斗櫃，把櫃子裡的東西全數傾倒出來，鋪滿一地，我坐在當中，感覺無比富足。幾件過時了的衣衫；一些穿破了或者未開封的玻璃絲襪；抽紗了的色彩鮮豔的絲巾；像糖果一樣繽紛的鈕釦，很多很多有趣的東西。

這些東西都有身世的，母親記得很清楚，這件襯衫是誰送的；那條裙子是從哪兒得來的；這玻璃絲襪是某某從香港捎回來的；那條絲巾在我幼稚園跳舞時紮過頭髮的，各式各樣的釦子也有來歷，這一顆是從哪件毛衣上拆下來的，很漂亮吧？那件毛衣呢？早就拆掉啦，連毛線都不知道扔到哪裡去了。喏，這顆釦子是多餘的，沒處縫了，就擱進釦子盒裡。這一顆好像星星的釦子呢？嗯，從哪兒來的？想不起來了。

釦子盒是一個雪白圓筒形狀的罐子，咖啡色的蓋子旋啊旋地轉上蓋好，嘩啦嘩啦，嘩啦啦，鈕釦在盒裡翻滾著，成了一個音樂盒。

如果衣裳像一個家，這些鈕釦就是離家的孩子了，它們熱熱鬧鬧聚在一起，其實，也許是很寂寞的。那時還沒讀過《紅樓夢》，不懂得「無才可補天」的惆悵失意。

只覺得釦子盒裡大約有很多心事。

最後，總要拖出一個抽屜的舊相片來，大大小小的黑白相片。忙著做其他事的母親，總是一、兩分鐘就被我呼喚一次：

「媽！這是誰啊？」

「天哪！誰家的小男生？怎麼不給他穿褲子的啦？」

母親的同學朋友，年輕時很流行去攝影社拍沙龍照，眼睛必然不看鏡頭，頭部一定微微傾斜，噙一朵含蓄的笑在嘴角，照片背面用墨水筆慎重寫下：「勿忘影中人」。我們嘰嘰咕咕的笑著，真想不到現在天天嘮叨女兒愛作怪的阿姨們，年輕時也不遑多讓呢。

那年代的父母喜獲麟兒之後，多半喜孜孜抱去攝影社拍攝半裸照分贈親友，為何裸露下半身呢？想來有驗明正身的意義。所幸小女孩大多倖免。經母親指認，赫然發現這個沒穿褲子的男生，就是品學兼優，在我們面前趾高氣昂的那位大哥哥。不懷好意地想，下次他再得意，就使出這招「撒手鐧」，看他神氣得起來嗎？後來一直沒使出撒手鐧，是擔心自己也有衣衫不整的舊照片，流落在別人家。

母親被我叫煩了，索性放下手邊的工作，坐在地板上，與我一同翻看舊照片，我們時常發出驚歎或輕笑，以前的人的模樣和現在真是不同呵。

母親最初把我們每個孩子的照片都整理好，每人一本寫真集，上面剪貼了一些花卉圖片，旁邊還寫上：「一歲的曼穿上裙子還像個小男生」之類的註解。後來相片太多，便一袋一袋盛裝起來，像未經開墾的島嶼，帶給我許多發現的樂趣。

那些停格了的午後時光，庭院裡的石榴緩緩成熟，毛毛蟲在葡萄架上爬行，梔子花的沁香透窗而入，弟弟和鄰居男孩在廣場上打球高叫，黃昏時候，父親便騎著單車，下班回家了。

彷彿是可以永恒的，而我偏偏長大了。

因為工作上的調動，我必須搬遷到香港，便替父母親申請了依親簽證。各種手續資料都齊備，移民官要求看照片，比方說父母的結婚照片，我們這幾十年來的家庭照片，才能證明我們確實是一家人。

為了這些，父母親連夜由香港趕回台北，父親的腳傷發作，舉步維艱，航空公司的人說不必擔心，我們會照顧他的。他們推來一輛輪椅，父親在我們扶持下，費力的攀爬上去，然後，伸出手緊握我的手：

「好啦！妳要自己照顧自己……」

我看著輪椅上的父親，忽然覺得難以置信。這是每次出國旅行都負荷最重行李的父親嗎？去中國大陸的書店買書，父親為我和我的同學把書綑紮得非常結實；到美國奧蘭多迪士尼樂園，乘坐「太空山」雲霄飛車，還覺意猶未盡；一年前我們一同去印尼泗水，半夜裡騎馬穿越沙漠，到火山口看日出……

父母把照片寄來香港，我火速送往入境處，移民官看著將近四十年前的結婚照，他說：

「啊！好老的照片。」又問：「給我們的嗎？」

「不是！」我惶急地：「這個是我的。是我的——」

移民官溫和地笑了笑，將照片影印以後還我。他再確定一次，弟弟在美國；父母親在台灣？我點頭，沒有說話。他告訴我，很快簽證會下來，就可以團聚了。

走出入境處，已近黃昏，沒有石榴、葡萄架和梔子花，我忽然聽到，嘩啦嘩啦，嘩啦啦，是我的釦子盒的聲音。

當然，不是的。只是香港灣仔天橋上常見的殘乞，費力搖動杯裡零錢的聲音。

——選自一九九八年《夏天赤著腳走來》

下雪的時候
很　溫　暖

這個冬天，氣溫驟然下降，我站在教室外張開嘴，看見呵出的熱氣變成白色煙霧，孩提時代養成的習慣，藉此探知季節的嬗遞。學生從旁邊經過，縮著脖子與我招呼：「好冷啊！說不定要下雪了。」「是呀，下雪就暖和了。」我說著，和他們揮手告別。想到自己說的話不禁好笑，下雪就暖和了，這算什麼邏輯？但，這其實是我真切的感覺，窗外雪花飛舞，房裡的火爐暖烘烘烤著面頰，聖誕樹的燈光閃呀閃的，全家人守在一起，不可取代的奢侈。

兩年前的冬天，父母去美國探望弟弟一家人，那是三十多年來我的第一次獨居經驗。剛開始是很興高采烈的，每一餐都在外解決，速食、西餐、火鍋、客飯、定食、素菜、自助餐……調配著吃，看心情決定。當天氣愈來愈冷，我把聖誕裝飾花環掛在門上，鄰居小朋友看見都很歡喜，總要跳起來拉一拉花環上小白兔的長耳朵，作為打招呼的方式。過不了幾天，白兔的耳朵就成了灰色的，我把它另一隻耳朵朝外放，這樣的話它就會有兩隻灰耳朵了。我在一種莫名的興奮情緒中等待聖誕節，等待新的一年把舊年翻過去。

可是，獨居的新鮮感逐漸消失，我總是不能決定這一餐該吃什麼，因為沒有真正想吃的食物，覺得人如果不必進食就可以省卻很多麻煩。在不同的房間和床鋪睡眠也不能令我睡得更好，偶爾作噩夢時，還記得家裡只有我一個人，所以不必呼喊或者哭泣，反正不會有人關心，也不會有安

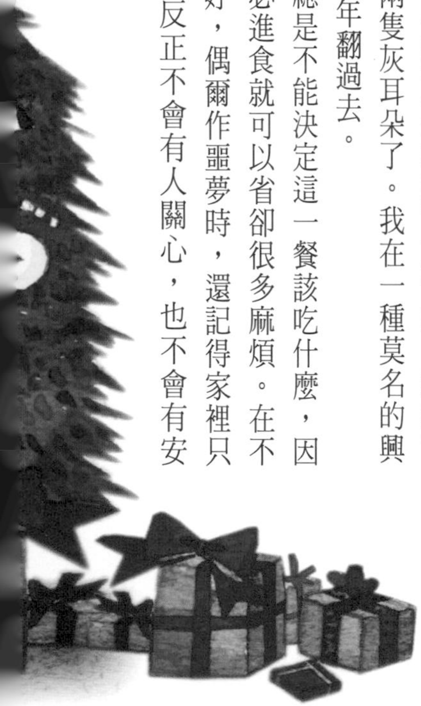

慰。於是從悸怖中轉醒，在寒涼的空氣裡輕顫，而後慢慢平靜下來。百貨公司的歲末清倉特賣，扶老攜少的一家人，使我停下腳步，不遠不近的觀看。曾經，我們也是全家出動逛街購物的一家人，然後一塊兒開車去淡水吃海鮮。弟弟七年前出國唸書，接著就業、結婚、生養小孩，這個家的成員變多了，卻分散在天涯海角，可以聚在一起的機會十分稀少。有一次，我們約了一起去香港旅行，弟弟一家三口從美國東岸歷經長途飛行，在機場相見的時候，一歲半的小姪兒毫不認生的撲進我懷裡，大人都嚇了一跳，這小小孩兒用什麼樣的能力去辨認，或者去記憶，一種特殊的血緣牽繫？於是，一向羞怯的他並不遲疑，在流動的人群中，搖搖晃晃的，奔向我站立的方向。那幾日同遊時，小男孩對我的依戀成了一種新鮮明銳的感受，彷彿開啟生命的另一扇門。

小時候我羨慕別人有爺爺奶奶疼惜，有叔叔姑姑可以撒嬌，如今，弟弟不太可能回家鄉來，就像我也不太可能放下工作或者寫作，到美國去放長假，都是不可能的，所以不能團圓，不能在一起。所以，我看著那一大家子嚷嚷鬧鬧買東西的時候，有一種渴望蠢蠢欲動；當我走過那些華麗的櫥窗，璀璨的燈花，自己一個人穿越馬路，格外感覺到寂寞和孤獨。

人，是生而孤獨的。但人並不一定非孤獨不可。

什麼是最重要的呢？我一遍又一遍，反反覆覆的問自己。終於，我向學校申請了留職停薪，一整年的時間。一年沒有薪水呀，朋友勸我仔細考慮，但我覺得無比富有，因為這一年裡的每一分、每一秒都是我的。聽說我要離開，關心的人勸我三思，難道不怕目前擁有的會發生變化？我謝謝這些好意，打電話去航空公司訂了機位，美國東岸，和我最親愛的家人在一起。臨走前接受訪問：「什麼重要的原因使妳必須離開？」我說：因為想跟全家人在一起，共度一個冬天。這答案顯然令主持人迷惑，這有什麼重要？而我偏偏覺得，在這時候沒有比這更重要的事了。

再相見的時候，小男孩已經三歲了，更有自己的主意，更想要人陪。他以前不敢一個人到樓下來，自從我住樓下，他有了探訪的對象和理由，樓上樓下跑得相當勤奮。窗外開始飄雪，我開始寫作，他把自己的蠟筆全數搬運下來，坐在我的腿上，陪我寫稿。這樣的陪伴因為太徹底，所以常常演變為我放下鋼筆，拿起蠟筆和他一起畫圖。寫作進度嚴重落後，小男孩被限制在姑姑下樓時不准追隨，唯有要吃飯時，他可以下來通告，他得令下樓，搬運一堆蠟筆，完全不提吃飯這碼子事。結果演變成樓上的在飯桌旁癡癡的等；樓下的色彩繽紛畫得不亦樂乎。

因為冰雪封天蓋地，我們把逛百貨公司當成重要的娛樂和運動，全家六個人聲勢浩大，四處採買聖誕裝飾，想把門窗裝扮成最出色的。我們夜裡開著車在社區巡視，看看別人的創意與巧思，有時候開幾十分鐘的車，去其他的社區參觀學習。百貨公司有位聖誕老人，等著和小朋友合照留念，我們的小男生心嚮往之，卻羞赧得很，每天每天，我們陪他觀看很多小朋友和聖誕老人拍照，通通平安無事，直到他願意嘗試了，我寫給朋友的信上說：「這個禮拜每一天我們都去看聖誕老人，左看右看，前看後看，今天，咱們家的小男生終於肯拍照了，然而在聖誕老人溫暖的懷抱裡，他的表情竟然是驚恐的。」這有什麼重要？我覺得重要就好。聖誕節那夜下著雪，我們坐在一起聊天，小男孩把椅墊塞給我們每個人，撒嬌並且撒賴的，在我們的擁抱與親吻中爬上爬下。爺爺、奶奶、姑姑，我想，他的成長記憶裡可能會有這一段，就算忘記了圍繞在身邊的人是誰，但，曾經被愛過的感覺是不會忘記的吧，這樣也就夠了。

我也不會忘記，當天氣愈來愈冷，我在回憶的爐邊烤火，覺得很溫暖。

——選自一九九八年《夏天赤著腳走來》

離別時候，要　微　笑

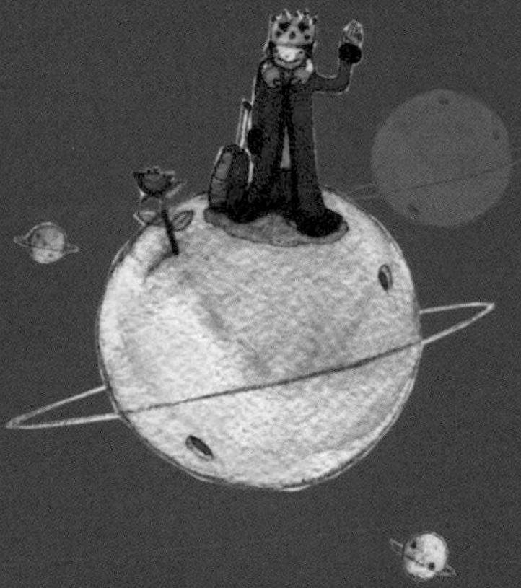

因為香港一所大學的邀約，因為我強烈的好奇心與冒險性格，即使是九七以後，仍決定應邀前往。在母校的教職無法保留，辭職已成必然趨勢了。起初，不願驚動學生，只是在課堂上，忽然怔忡起來，十年了，這樣的教室，這樣的校園，專注聆聽的年輕的容顏，我成為這裡的老師，已經十年了。而在十七年前，我還是坐在堂下受教的學生，偶爾偷偷傳個紙條；戰戰兢兢從老師手中接過考卷；略微遺憾的抱怨校園太小。那時滿頭華髮的老校長，曾經義正辭嚴訓誡我們：

「大學在學，不在大！」

這話給我極大的鼓舞，直到現在，我常對著剛入學的新生說：

「大學在學不在大，你們學了沒有？」

現在說這話時，我真的全然領悟了，可是老校長已經過世十載。

我開始喜歡在小小的校園裡散步，不再在意自己的出現引起一些指點，不再有年輕時的易於驚惶，我的心裡承載著一個秘密的離別，不為人知。我現在不肯只站在講臺上講課了，當學生上臺報告的時候，我不住的走動著，從不同角落觀看走廊，操場，教堂，我側著頭記憶。

這裡有我華璨似明星的青春，我最浪漫的夢想，一些最好的人與際會，在此發生，我走著走著，聆聽內在情緒的起伏。

在黑夜的校園角落，一個曾上過我的課的女生忽然叫住我，她說今天是她的生日，可是她不快樂，也不知道為什麼不快樂，所以決定在這裡等我。我們談了一會兒，她忽然要求：「我可以跟老師握手嗎？」我握住她的時候，她的淚就洶洶而流了。第二天，她拿了一罐冷飲在教室外等我，告訴我她好懷念以前上課的時光，畢業以後再上不到了。把冷飲遞給我的時候，她說，其實昨天晚上想要的不只是握手，而是一個擁抱。

「也許，下次吧。畢業以後，想念老師還是可以回來看您的。」她說。

我忽然語塞，不知該說什麼，那秘密憋在胸口，令我好疼。

「為什麼？為什麼妳又要離開？妳不陪我們畢業？好不容易才回來，不准走啦！不准！不准！」消息還是傳了出去，於是，比較熟識的學生表示了強烈不滿。是啊，我自己的印象也是這樣的，學生一屆一屆畢業了，而老師忍受一次次別離滋味，永遠固守在同樣的位置，讓高飛的孩子覺得安心，有所倚靠。

我彷彿是有些虧欠了他們。

這兩年有種情況是原先閱讀我的文字的讀者，後來決定成為我的學生，轉化身分的同時，我對他們更有責任了，怕他們不快活，怕他們適應不良，最難的是，明明知道他們千辛萬苦跋涉尋來，卻要告訴他們，很抱歉，我要離開了。

一切溝通談判技巧都不適合，我還是用最笨拙而質樸的方式說了。其中一個孩子聽的時候還笑盈盈的，回到學校卻在黑暗的階梯上獨自哭泣。我們約了一起去天母找一片隱藏在城市裡的荷花田，城市裡怎麼會有荷花田？是啊，幾乎是不可能的，但是如果真的有，我們就該相信，人與人的心靈不會因為空間距離而疏遠，反

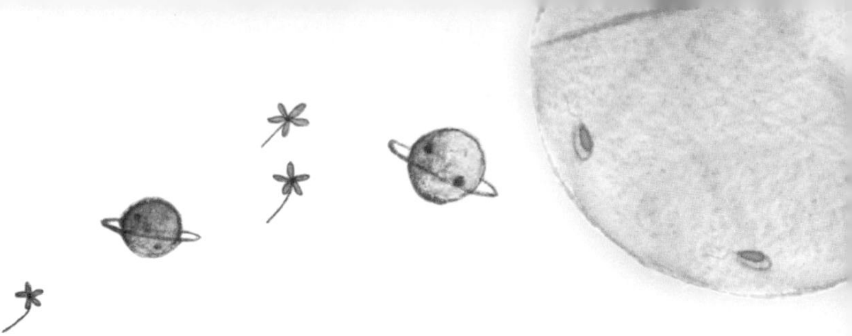

而可能更純粹堅固。

午后欲雨的微風裡，我們沉默的站立，面對城市最後一片荷花田，覺得安心，如同受到撫慰。

另一個孩子聽見我委婉說明，不言不語的走掉了，我想，她是不是把這看做一種背棄呢？雖然我們從沒訂過什麼盟約。過幾天，她寫了封短箋給我，雖然捨不得，但如果我們喜歡一個人，就該考慮怎樣的選擇和生活是他要的，並且希望他一切如意平安。

「如果妳是小王子，流浪和經歷是妳必須的道路。我會像狐狸一樣的哭，也會望著滿天星星，對妳祝福。」

愈來愈多學生知道我將離開的消息，班上旁聽的人愈來愈多，要求簽名，要求合影留念，以往，大夥兒都不露聲色，好像怕會驚擾了我，現在迫不及待告訴我，他們是我的忠實讀者，喜歡我的哪一本書，好像遲了就會來不及。照片一張接一張的照著，我攬著他們，對著鏡頭微笑，可是，我的情緒不可避免的，黯黯沉落下去了。

我在研究室整理東西，把學生們寫的卡片收成一疊，還有學生送的糖果餅乾，磁娃娃，小飛機，他們借我的錄影帶、書籍，孩子們的習作，永遠交不齊的作文，各式各樣的請假單……我不能停留在這裡，否則情緒將會氾濫成災。原來，最覺難捨憂傷的，其實是我自己啊。

我走出去，在黃昏的金光裡，樓下兩個孩子騎機車經過，坐後座的女生戴安全帽和口罩，她扯下口罩向我呼喊招手：「曼娟老師！」學校的學生都這麼喚，更像是呼喚一個姐姐。我看不見她的臉，認不出她是否上過我的課，然而，在離別的時候，這有什麼重要呢？女孩向前一段距離了，忽然又轉頭向我大喊：

「要微笑啊。」

離別的時候，更應該微笑的，因為我看見自己豐盛的擁有。我於是向她微笑了，因為隔著愈來愈遠的距離，所以，只要我不抬起手來擦拭，她便不會看見我的眼淚。

——選自一九九八年《夏天赤著腳走來》

在森林裡種首歌

如果你在路上遇見一個人，他一邊走一邊哼唱著一首歌，也許五音不全，或者根本不成曲調，然而，你聽得出喜悅的氣氛，像一顆顆跳動的光粒子，與你擦身而過。這時候你會怎麼想呢？真是一個幸福的人啊。他最近想必過得稱心如意吧；又或許他終於得著追尋已久的東西；也可能是他甦醒前夢見一群天使，在溪岸邊的綠色草地上舉行音樂會。

幾年前，一個相識多年的朋友，開車載我在北海岸兜風。剛剛吃完一袋新鮮草莓，春天的陽光和暖風都很溫柔，我們有整整一天的時光可以消磨。我在被草莓香氣裹覆的舒適車中唱起歌來，因為記性不好，每首歌只唱幾句就換下一首，卻也能生生不息，一副可以唱到天荒地老的樣子。

朋友忽然轉頭望住我：「從來沒有認識過像妳這麼愛唱歌的人。」

我覺得不好意思：「我太吵了。」

「不是，不是，我喜歡聽妳唱歌，雖然妳從沒唱完過一首歌……可是妳總是唱啊唱的，好像好快樂！」

「是因為和你在一起，很有安全感的緣故啊。」

我笑嘻嘻的回答，避開快樂不快樂的問題。

因為在那時候，我多半的時間其實並不快樂。我在一種難以向人訴說的苦楚與憂懼中度日如年，因著好強性格的驅使，我命令自己不可以被打倒，一定要若無其事的過日子。每一天，我穿戴整齊去學校教書，

企圖將國文課上得生動有趣。字詞的來源與考證也許很重要，而我更在意的是我們能從古文與古人那兒學到一些什麼？也許是一種看待人生的態度；也許是一種超越苦難的方法，常常，當我寫完黑板，要花費好大的力氣，才能轉頭面對，那些滿懷憧憬的臉孔，那些純真年輕的眼睛，並且，給予他們一個合宜的、肯定的微笑，讓他們相信世間的美好。

我並不是那麼快樂，我只是堅持，不肯讓痛苦掠奪了我的快樂。

九七年八月，隻身到香港教書，對於新環境的好奇，完全掩蓋了變動可能產生的疑懼，我被安排暫住校園深處的招待所。因為尚未開學，校內人煙稀少，接待我的同事好心叮嚀，天黑以後不要隨便走動，這附近出過事的。幾十個單位的面海宿舍只得我和一位高齡老教授居住，老教授善意與我招呼：「妳住哪間房？……哦，那間啊，白蟻特別多的……」我漸漸覺得臉頰上興高采烈的笑意已轉為肌肉的抽搐了。

寄給朋友的明信片上我寫著：「住在這裡就好像住在森林裡，空氣很新鮮，每天都在鳥鳴聲中醒來。」

我只是沒描述天黑以後的景象。

天黑之後，我便從宿舍走出來，在路燈的照射下，去到一幢大樓的門前打電話回家報平安。水銀燈將四周都塗成朦朧的白色，像一層霜，夏末的夜晚，彷彿因為霜降，所有的人都消失了，一片遼闊寂寞的景象。我聽著遙遠的家人一聲聲問：「那裡怎麼樣？安不安全？人多不多？」

「這裡很多人的，學校嘛，當然很安全囉，不用擔心。晚上都有人來巡守的。」

為什麼我會知道有人來巡守呢？因為那已是我的第三個難以安眠的夜晚了。

第一夜，我在兩房一廳的宿舍裡整理行李，收音機裡播放著音樂，ＤＪ有時會突然激動地揚起聲音，我喜歡這種有人在身旁的感覺。坐在床上，我將摺疊整齊的睡衣打開來，正準備就寢。忽然聽見ＤＪ喊叫一聲，霹靂啪啦，一陣火花，四周一片黑暗，靜寂的黑。我怔怔地坐了片刻，這才意識到，跳電了，冷氣也沒有了。除了書房之外，客廳、臥室、浴室、廚房，全都沒電了。我將臥房的窗子推開，知道窗下不遠處便是海，也聽見廣九鐵路上的火車行進的聲音。同時，我聽見簡直不可能會響起的滴答聲。那是客廳裡的掛鐘的行走聲，可是，白天裡我已經注意到它沒電罷工了，停在不知道是哪一天的四點二十五分。我非常確定的，此刻，它卻走得龍馬精神，滴答滴答，在臥室裡也能聽見。

我逃進書房，將房門緊閉，這是出外旅行這麼多次以來，第一個失眠的夜晚。因為難以成眠，我不斷起身到廚房裡喝水，便會看見定點經過窗外巡守的保安人員。天明之後，我佇立在掛鐘之下發愣，它安安靜靜地，停在七點十七分，很無辜的樣子，彷彿從來沒有走過。

到了夜裡，電力仍未修復，我又聽見秒鐘行走的腳步聲，就在那樣的聲音中，我睜著眼等待天亮。

有一天，我得了急症，腹痛如絞，因為人生地不熟，擔心休克了也沒人知道，所以，離開學校，轉換了一個多小時的車，去城裡找一個舊識，那人曾交代我有事一定幫忙。我在那人辦公室附近的7-11打電話，對方好像很忙，兩三句就急著收線，我沒透露出求援的訊息，只是平靜的說再見。蹣跚走到店門口，我蹲下去等待另一陣劇痛的宰割。

回到學校的時候，已經好些了，只剩下深深的疲憊。小巴士載著我，在森林的入口處下車，然後，我必須獨自一個人穿越黑森林回家。那晚的月色很好，將樹影清楚投射在地上，像一株株萍藻，夜風從海上吹來，有一種走在水中的涼意。忽然，聽見歌聲，在寂靜的夜裡，在我一向畏怯的森林中，我聽見自己的歌聲，持續著愉悅的腔調。

這令我覺得難以置信，卻又有些明白了。

其實，生活中的瑣碎折騰和挫敗，都是不可避免的，正因為這些困境來勢洶洶，安然度過以後，便有了一種慶幸與感激。真正可貴的幸福，原來不是從快樂之中來，而是從憂愁之中來的。

後來，當然仍免不了有些惱人的事，便是未來長長的一生，也少不了的。但我知道，我將會記起那栽種在黑夜森林裡的，恆久的歌聲，像是一種幸福的允諾。

永不失去快樂的願望。

——選自二〇〇一年《青春》

曖曖秋光

十幾年來，每屆春秋兩季，我都和一位好友相聚，為彼此過生日。今年陣陣雷雨之中，我們約了一塊兒吃飯，像大學時代一樣，吱吱喳喳說著笑著，一些瑣碎的感受，心安理得的分享，餐桌燭光掩映之下，像兩個少女。夜了，朋友駕車送我回家，車子駛在寬敞平順的道路。

「真好，妳陪我過四十歲生日。」朋友輕聲說。

我忽然被驚動了，一種措手不及的驚惶，使我失去了回應的能力。我知道她何時過生日，卻從沒算過她的歲數，四十歲，我的朋友竟然已經四十歲了。雖然她比我大一點，卻表示我也不知不覺的往四十奔去了。我們不仍是校園裡愛嬌的女學生嗎？穿著新裁的花裙子走過雨後濕潮的校園，仰首看著楊梅結子，並等待楊梅果變紅變甜。

車子無聲的進入安靜的隧道，我彷彿見到自己在校園角落尋覓，因為失戀而失魂落魄的朋友，我懷抱蜷縮在痛苦中的她，與她一起哭泣。我彷彿見到自己有些膽怯的走向研究所的報考地點，還在猶豫，朋友推我向前，在我耳畔說，不要怕，加油加油加油！趁著老師寫黑板的空檔，她忽然轉頭對坐在後面的我扮鬼臉，因為我把長得像巧克力餅乾的橡皮擦送給她，她沒有上當……許多聲音、許多影像，快速的在我眼前播放。然後，車子滑出了隧道，秋蟲鳴叫，秋風勁健，車聲隆隆，恍然又回到人世。像一場轉世未及的輪迴。非常真實，非常結實的莽莽塵世，她已為人母，笑說兒子忽然長得比她還高，擁抱起來很費勁了。我是愈來愈自在的單身女子，憧憬著有一天創作堆疊起來，也能像自己一樣高。我們都認為命運善待了我們，而我們也愈能體會生命中美好的滋味。

「就像天上的月亮。」雨後初昇的圓月，泛著牛奶色的光華：「秋天裡最美麗的景象。」朋友說。

那夜的月亮太圓，太燦亮。我總覺得恆常美好的東西，是一些幽微的光，閃現在生命沉靜的剎那，甚至難以具體形容的。

就像初秋時我往北海道的旅行。花季已過，楓紅還沒開始。連機場劃位的先生都忍不住問我：「現在去北海道看什麼？有什麼好看的？」

巴士把我們送上一座山，雲層全圍繞在腳下了，林間的休閒酒店幅員遼闊，每一幢就是一個區域，區域與區域之間，要靠穿梭巴士運送。我們在眾多餐廳裡，挑選了海鮮自助餐，一幢高大的木製玻璃屋，矗立在冷杉林中。光潔的玻璃使視線毫無阻隔，我們就像坐在林中用餐，看著夕陽墜落了，林中的探照燈忽然點亮，冷杉倏地伸展枝葉，如此高聳的拔地而起。明明置身在蒼翠的高山上，我們的盤內卻堆疊著豔紅色的帝王蟹，粉褐色的毛蟹，新鮮的鮭魚，是我見過最有層次、最細膩的紅色，幾乎移不開眼。這是極豐盛的一刻了，一種幸福的微光，令我暈然醺醺。

兩天後，我們去了層雲峽，住宿在溫泉旅館。到公眾女湯去泡溫泉，是最重要的活動項目。妳真的去了嗎？聽說的朋友曾經質疑，跟那麼多女人赤裸相對，妳敢去嗎？是的，我去了，雖然也有過掙扎。我曾經一直排斥洗溫泉這樣的事，何況與

人共浴。我去了露天風呂，建在幽深林間的溫泉水滑，每個浸泡在池中的女人看起來都很馴良安靜，固守在自己的角落，耐不住熱便爬上岸坐著，三三兩兩細細低語，頸部以上粉白，頸部以下是蝦的顏色，當然，是煮熟的蝦。她們一定也不明白自己的異於平日的溫馴柔順，可能以為是羞怯的緣故，其實是因為，這是靈魂的活動時間，身體當然無法躁動了。我也乖乖的坐在自己的角落，蜷起腿，像個小女孩，周圍女人喃喃話語，我完全聽不懂，卻覺得很安心。池中蒸騰的熱氣，與霧氣混在一起，硫磺的氣味很童年，亮亮的白氣纏繞著古老的樹木；纏繞著在池中或起或落的年輕女體，似隱若現的曖曖光輝。

林間一陣風過，把霧吹散了，吹來一陣細雨，涼涼的雨絲落在肩上、髮上，我閉上眼，深深呼吸。春日已遠，夏日喧嘩剛過，雪猶未至，我看見了生命中細微閃耀的秋光。

——選自二〇〇一年《青春》

洗澡的好日子

寒流來臨的夜晚，拜訪朋友之後，我獨自散步回家，走過道南橋口，佇立街邊等待綠燈亮起，一陣強勁的風從河上吹來，帶著潮濕的氣味，令人遍身顫慄。我豎起衣領，轉過頭去，望向那排平房，忽然，彷彿有氤氳的煙氣騰騰而起，我知道只是汽機車排出的廢氣，可是，確實有那麼一刻，我感覺到溫暖，並且聽見小女孩的聲音說：「我們要去洗澡嗎？今天晚上就去嗎？」

我仍能夠辨識出，那是我自己的童音，我仰著臉期待地看著父母親，我們去洗澡吧？天氣冷的時候，便這樣一遍遍地要求著。

那年頭還沒有熱水器；那年頭我們剛搬到一小時只有一班公路局會進來的木柵；那年頭四處都是田隴和螢火蟲。那年頭靠近道南橋的街上有一排店鋪，跌打損傷隔壁是豆腐店隔壁是一間澡堂，沒什麼關連性的開在一起，但我喜歡那條街。

每當冬天的風將鼻尖吹得微微發疼，就是洗澡的好日子了，吃過晚餐，母親將家裡料理乾淨，父親也將洗澡的用具準備好，我們一人穿一件厚重的外套，手牽著手往澡堂出發了。晚風的勁頭更強，我有時躲在父親背後，在大人們的安慰中勉力往前走，卻從不退縮，我知道在前方等著我的是什麼。

澡堂裡收錢的櫃檯小小的，常年都是潮濕的栗色，被蒸氣與人

氣浸潤著。我們一家四口進了一間浴室，磨石子浴缸，白色磁磚牆壁，日光燈懸在天花板上，前一次洗澡的人留下的暖意還沒散盡，空氣裡有著幾欲融化掉的肥皂香氣，還有一種難以言喻的肉體的氣味。隔鄰洗澡的聲音和煙氣，一股股湧進來，而我們也嘩啦啦地放起熱水來了。兩、三歲的弟弟和五、六歲的我，泡進熱騰騰的水裡，張開嘴大口呼吸著，不一會兒兩個人的臉都蒸紅了。浴室裡的光線慘白地，看不清父母親，也看不清自己的身體，更濃郁的肉體的氣味蒸騰在一起。澡堂裡有時會有人敲錯門，大聲喧嘩，有時聽見孩子的哭聲，其實並不是一個令人感覺安全愉悅的地方，但，我們總是那麼快樂，全家一起唱著歌洗著澡。

洗過澡一點也不畏懼寒冷了，我甚至覺得身上的衣物都是累贅，我可以脫去它們，在冷風裡飛翔，飛到任何一個我想要去的角落。然而，母親走進豆腐坊裡，向他們買了還沒煮過的豆漿，帶回家去。我站在一旁看著，磨豆工人穿著背心，頭上繫著白毛巾，將剛剛蒸好的豆腐打開來，一板一板的好整齊，熱騰騰的豆腐有著撲鼻的清鮮，有時候母親也買一塊回家，拌香椿葉尖來吃，點兩滴麻油，特別入味。我常爭著把豆漿提回家，走在夜黑的路上，想著提鍋裡的豆漿，明天早晨起床便能喝上一碗，加了白砂糖的，就為了

這個，我甘願哪裡也不去。

我的家裡一直保有這種北方人的生活習慣，極少淋浴，多是泡澡。澡堂沒多久就歇業了，家裡不知從哪兒找到個汽油桶似的大鍋，冬天來的時候，就煮上一大鍋熱水，再由父親或母親提到樓上的浴室裡，倒進浴缸中。家裡的浴缸也是磨石子的，摸起來透心涼，要好多熱水才能將缸溫暖起來。我看著父母親吃力的一桶桶、一鍋鍋熱水往樓上搬，心中充滿著恐懼。

家裡的樓梯提供我們許多遊戲的樂趣，卻也讓我們失足滑倒。家裡最嚴重的一次樓梯事件，是替人育嬰的母親，有一次下樓幫郵差開門。郵差摁鈴摁得兇，母親下樓下得急，忽然滑了腳，就這麼跌下來，偏偏懷裡還抱著一個嬰孩，為確保嬰孩的安全，緊緊摟抱住，任由自己的身體與階梯狠狠碰撞。這一跤摔得厲害，從腰到臀部全是瘀黑的內出血，那孩子卻是安然無事。從那以後，我對樓梯充滿戒慎心情，對於父母親抬著滾燙的熱水上樓這件事，充滿驚懼。我開始領悟到生命中美好的事物，總暗藏著一些疑懼的陰影，這陰影甚至威脅到我享樂的本能，使之成為罪愆。

少女時代我們搬了新家，與左鄰右舍一樣，安裝了熱水器。洗澡是一件再平常也不過的事了，我開始學習替別人洗澡，那些渾身奶味的小嬰兒，是我的服務對象。母親在家中育嬰，鼎盛時期有十四、五個嬰幼兒。絕大多數的嬰孩都喜歡洗澡，有些一進了澡盆就不想出來了，我看著他們浸泡在熱水中，手腳揮動著，發出喜悅的呢喃，臉上安逸舒適的表情，心裡挺納悶，洗澡有這麼好嗎？

有一次到市場去買菜，站立在雞攤與豬肉攤之間，看著被宰殺的雞隻淋上熱水除毛，看著切得整齊的豬肉摔在砧板上，忽然，我的嗅覺的記憶甦醒，是的，就是這種氣味，多年前我在澡堂裡遇見的肉體的氣味，在熱水與肥皂之間飄浮著的，竟是一模一樣的氣味，是死去的肉身與毛髮的氣味。生與死啊，遇到熱水之後，釋放出來的怎麼會是如此相似的氣味呢？所以，我們大量使用各種香皂香精芳香劑，原來只是要遮掩住死亡一般的氣息？青春期的我，原就有太多不明瞭的困惑，我不喜歡自己，覺得生命無聊而且空虛，現在又加上這個忽然發現的秘密，我的生活怠懶起來。洗澡固然是每天都要做的事，也就是一些機械化的清理步驟罷了，我草草了事，連看都不想看自己一眼。身體在長大，靈魂卻不知躲在哪裡，逃避著死亡，日復一日。

成年以後，陪同父母親回老家探親，也是第一次去大陸。母親一進廣州就病了，從河南病到河北，整天發著燒，吃了許多藥也不見好。我們在石家庄暫時落了腳，父親在那兒有個外甥，可以幫著照應，我們決定等母親病好了再往下一站走。那位表哥給找了家賓館安頓下來，偌大的園子裡有許多高大喬木，噴水池，各色花卉，房間很敞亮，倒是個可以養病的地方。表哥、表嫂帶著十歲左右的小女兒來探望，女孩纖瘦，紮兩根辮子，眉眼緊俏薄脆，有一種超齡的美麗。她在賓館房間裡東看西看，忽然拉了表哥去浴室，過一會兒，表哥謹慎地笑著問：「不知道我們可不可以來這兒，洗個澡呢？」

在他們自己家裡，小小的廁所中加個水管子，上廁所和沖澡全在一塊兒了，不過一平方公尺。我們房裡的大浴缸，對他們充滿著魅惑。母親養病的那幾天，表哥全家人下了班就來賓館洗澡，女孩每次洗完澡，換上乾淨的衣裙，便笑著偎在我身邊，那樣發自心底的快樂，她的笑不再超齡，只是一個十歲的小女孩了。從早晨到黃昏，園裡的喬木上蟬鳴響徹，每當風過，蟬的吟唱，把夏日喚得透明起來了。母親仍然發燒或者昏睡著，我站在窗前眺望剛剛洗過澡的表哥一家人，手牽著手走回家，像是剛剛參加過一場盛宴。這不是我曾經擁有過的，至為簡單的一種快樂嗎？那些冬夜的寒風裡，全家人洗過澡之後，往回家的路上走。我是什麼時候失去了它的？

「媽！妳要不要洗個澡？我幫妳放熱水？」我伏在床前輕聲問。

母親睜開眼看看我，搖搖頭，似乎又睡去了。剛剛用過的浴室裡，仍殘留著潮濕的溫暖，我關上門，坐在馬桶上發怔。母親不洗澡的那些天，我也不洗，害怕嗅聞到那股氣味，熱水遇見肉體之後，釋放的氣味。

後來，母親的病好了。更後來，我開始戀愛了。最熱烈戀愛著的時候，情人要求一起洗澡，我想也不想就拒絕了。一直到異地旅行中，我生病了，日夜嗆咳著，並且發著燒。情人替我準備了一盆熱水，扶我進浴室，我依然拒絕，推他出門。爬進浴盆中，看見羸弱蒼白的身體，浸泡在熱騰騰的水中，嗅聞著令我驚懼的氣味。忽然，我感到後悔了，多麼希望有人可以相伴，自己一個人是如此孤單。我潦草地裹住浴巾，換上浴袍，打開門，赫然見到，我的情人蜷著身子，緊緊捱著門，坐在浴室門口。被我拒絕之後，仍然獃在最貼近我的地方，不肯離去。就在我開門的剎那間，看見那張端肅憂傷的面容，被焦慮焚燒的眼睛。

「為什麼坐在這裡？」我問。

「我想陪妳。」我的情人環抱住我的時候這麼說。

原來，陪伴是可以消解恐懼的。知道有人正專心的愛戀著自己，我再度喜歡自己，生命添加許多馨美與甘香。那一次病癒之後，我開始在鏡前凝望自己，注視著健康的自己，注視著終將死亡腐壞的自己，那秘密此刻不再為難我了，我不會再逃避了，我要更理所當然的享受生命的給予。

這世界確實有些不同了，原本絕不去溫泉浴場赤身露體的，卻跟著喜歡泡湯的朋友，從台灣泡向全世界。沮喪的時候，憂傷的時候，愛情離開的時候，我就把自己交給一缸熱水，也把眼淚和嘆息交出來。洗澡的時間變長了，泡在溫熱的水中，細小的微汗從唇髭沁出來，全身鬆弛著，一種飛浮的狀態。從來都不會游泳的我，突然看見胴體上飄搖著如同芒草的微細寒毛，彷佛靈魂，自幽暗的谷底泅泳而出，帶著歡慶的火花與光澤。

獨自散步回家的晚上，我望向那曾經是澡堂的平房，彷佛可以遇見，那個整天等待著洗澡好日子的小女孩，我會帶她一起回家，並且告訴她這個新發現的小秘密——只要是可以洗澡的日子，都是好日子。

——選自二〇〇一年《青春》

詩的樂遊園

最近總聽人說起溫泉博物館，興建於日據時代的溫泉浴場，已有八十年歷史，一九九五年由一群國小學生聯名向市政府請願，希望可以保存，經過地方的奔走與投入，溫泉博物館終於開放了，參觀博物館，成為冬天裡最令人期待的活動。我雖不認為自己是喜歡一窩蜂的人，卻也在不下雨的連續假日，興起一探究竟的衝動。

我們駕車往台北城的北境駛去，一路上都在堵車，好容易到了陽明山腳下，揀了一條泉源路，往山上走，以為博物館會在路邊，上了一段路才覺得不對，掉頭下山便陷進惡夢般的車龍裡，緩緩地，一吋吋不易察覺地移動，時間都睡著了。到底博物館在哪裡呢？我搖下車窗，向路過的行人詢問，那人手指山下：「下了山，就在北投公園裡。」北投公園。忽然，一陣煤灰氣味的強勁的風，從記憶深處捲起，使我有片刻的怔忡，我聽見火車隆隆啟動，我感覺到像淚水一樣鹹鹹的濕，在溽暑的黏熱中，生平第一次深刻的離別。

那年夏天，父親因為機關的派遣，必須偷渡去香港從事所謂的「海外工作」，九歲的我早聽過許多海外工作的危險性，有的父親被捕了；有的父親受苦刑；有的父親一去不回了……這一次，輪到我的父親。從父母親告訴我這個消息，就緊緊攫住我的心靈，我試著少吃一點；用功一點；乖巧一點，看看命運能不能改變。自小，我們的經濟條件就不是寬裕的，但，我喜歡一家人相依的生活，臨睡前，收音機開著，主持人溫柔的聲音牽著我入夢。或者，冬天的夜晚，全家圍著聽母親唸《水滸》，一直不明白武松為什麼這樣恨潘金蓮？那時還沒有哀矜悲憐之心，聽見

黑旋風李逵殺人如斬蘿蔔，渾身血液湧動，甚至覺得燥熱起來。然而，我清楚的知道，這樣的生活要告一段落了。命運沒有因為我的努力而改變心意。父親出發前的一天早上，只有我和他在餐桌上，我吃著家裡慣常的早餐，前一天的剩飯炒成蛋炒飯。父親對我說：「等我走了以後，妳要聽話，照顧弟弟和媽媽。」我的胸中一緊，淚水便衝上來，但，我不肯哭，要像個大孩子讓父親放心。我點點頭，大口大口扒飯吃，淚水混在飯中，難以吞嚥，後來的很多年，我都厭惡蛋炒飯的油腥味。

送父親搭火車離去那天，母親的好友也到了，他們照顧安撫著母親，我的心慌得厲害，看著大人們笑笑地說話，看著他們和父親握別。父親走過來，向我伸出手，像是對待朋友一般的，握住我的手與我道別。喧囂的月臺上，火車已在鳴笛，不能再等待，將父親送上吉凶未卜的路途。父親的火車在視線中消失，大人們簇擁著我們說，去逛逛吧。那時可能恰巧有往淡水的火車即將開啟，我們一群大人孩子就上了車，在北投車站下車。去北投公園玩玩吧。不知哪個大人提議著，我被其他的孩子牽著進了公園，綠樹濃蔭遮蔽下，忽然涼了，也靜了。

後來，我再沒有去過，也沒有想過北投公園。一年後，父親蝕骨形銷的回來，但，他究竟回來了。二十年後，我再度踏上很有年代感的石造小拱橋，風中落葉紛紛，空氣裡有芳香的氣味，是屬於草木的；有硫磺的氣味，是屬於溫泉的。我站著，像回到九歲那年，天黑以後的公園，隱隱聽見音樂聲，有人拉長了聲調唱歌，當時還不知道這就是那卡西，卻也感覺到一種蒼涼流浪的情感。

我們終於抵達溫泉博物館時已是黃昏，準備進入參觀的人扶老攜幼，排成長長一列。工作人員好意來勸我們不必再排，因為關閉時間將至，不如改天再來，下次千萬請早。我們只得在外徘徊，這幢兩層式的歐風建築，明顯經過修葺，但，不流於匠氣，看起來更整潔。曾經，這是東南亞最大型的溫泉浴室，據說日據時代，即將赴戰場的日軍飛行員，就被送到這裡來享受人生，享受最後的人生。

我彷彿還能聽見，那些年輕男子的聲嘶力竭，在酒意中，在紅裙裡，那時，安慰他們爆裂神魂的女子，會不會因為立即要將他們交給死神統御，而更溫柔一些？我看見管理員將一片片長木板排上，天黑了，要關門了。當日那些神風特攻隊的少年，是不必理會天黑天亮的，只有此刻的生與明日的死，而已。浸泡在浴池裡，硫磺氣味逐漸占領他的意識了，然後是美麗的女人，然後是酒。然後，他在夜很深很深的廊上，披著一件浴衫，與從未謀面的袍澤激辯戰爭的必要，那些已經陣亡了，猶徘徊在浴場的飛行員，很冷靜地，近乎疲倦地坐成一排，在石欄杆上。他們的靜默，更顯出他的激越與徒勞。

北投真的入夜了，遊人猶未散去。就在陽明山腳下，一片攤展開的小小平原，有許多人的樂遊經驗，也有我自己的。就是父親赴海外那一年，母親被老師找去學校，問我寫在作業簿裡的詩一樣的句子，是從哪裡抄來的？母親說那都是我自己寫的，在老師驚訝的眼神裡，我變成一個早熟而憂傷的小女孩。二十多年後，方才醒悟，從北投公園樂遊歸去後，就此開啟我一生耽美與感傷的性格。

——選自二〇〇一年《青春》

青春並不消逝，只是遷徙

那時候的我，正當青春

那一年我二十五歲，剛考上博士班，一邊修習學位，一邊創作，已經出版了第一本小說集《海水正藍》，並且因為難以預料的暢銷狀況，引人側目。我很安逸於古典世界與學院生活，那裡是我小小的桃花源。我可以安靜的圈點和閱讀，把自己潛藏起來，遇見一個巧妙的詞句，便可以讚歎玩味許久，得到很大的喜悅。不知從哪裡看見形容男子「身形偉岸」的詞彙，狠狠琢磨一回，那是怎樣的形象呢？我們中文系的教授們，有溫文儒雅的；有玉樹臨風的；有孤傲遺世的，但，都稱不上偉岸，我心中彷彿有著對於偉岸的認識，只是難以描摹。

寒假過後，我遇見這樣一位教授，高大壯碩，行動從容，微微含笑，為我們講授詩詞，因為曾經是體育系的，他看起來不同於一般的中文系氣質。每個週末，我們都要到老師家裡上課，大家圍著餐桌，並不用餐，而是解析一首詩或者一闋詞。看見他朗然笑語，噴吐煙霧，我悄悄想著，這就是一個偉岸男子了吧？四十幾歲的老師，當時在學術界是很活躍的，意氣風發，鋒芒耀眼，上他的課，常有一種戒慎恐懼的心情。我幾乎是不說話的，一貫安靜著，卻從未停止興味盎然的觀看著他和他的家庭。

他有一個同樣在大學裡教書的妻子，兩個兒子。當我們的課程即將結束時，師母和小兒子有時會一起進門。師母提著一些日用品或者食物，小男孩約莫十歲左右，背著小學生的雙肩帶書包，脫下鞋子，睜著好奇的黑眼睛盯著我們瞧，並不畏生。老師會停下正在講解的課程，望向他們，有時交談兩句，那樣的話語和眼神之中有著不經意的眷戀。我漸漸明白，老師像一座植滿綠楊垂柳的堤岸，他在微笑裡，輕輕擁著妻與子，一大一小兩艘船棲泊，所以，他是個偉岸男子。

我們告辭的時候，老師家的廚房裡有著鍋爐的聲響，晚餐漸漸開上桌了。我們散蕩地漫步在高架橋下，走向公車站牌。一點點倦意，還有很多憧憬，我忽然想到自己的未來，會不會也有這樣的一個溫暖家庭呢？一種圍桌共餐的親密情感？一個背著雙肩背包的小男孩？天黑下去，星星爬上天空了。

修完博士學位的暑假，邀集一群好友，將近一個月的神州壯遊。回到台北，整個人變得懶懶的，開學前下了一場雨，秋天忽然來了。同學來電話，告訴我罹患癌症的師母過世了，大家要一起去公祭，他們想確定我已經歸來。

不知道為什麼，我一直覺得師母應該會康復的，她還年輕，有恩愛的丈夫；有還會撒嬌的兒子，她應該會好起來。那一天，我去得很早，從頭到尾，想著或許可以幫什麼忙。但，我能幫什麼忙？誰能幫什麼忙？告別式中，擴音器裡播放的是費玉清繚繞若絲的美聲：「妹妹啊妹妹，妳鬆開我的手，我不能跟妳走……」我在詫異中抬起頭，越過許多許多人，看見伏跪在地上的那個小男孩，那時候他其實已經是國中生了，因為失去母親的緣故，看起來特別瘦小。我有一種衝動想過去，走到他的身邊去，看住他的黑眼睛，說幾句安慰的話。但我終於沒有，因為我不知該說

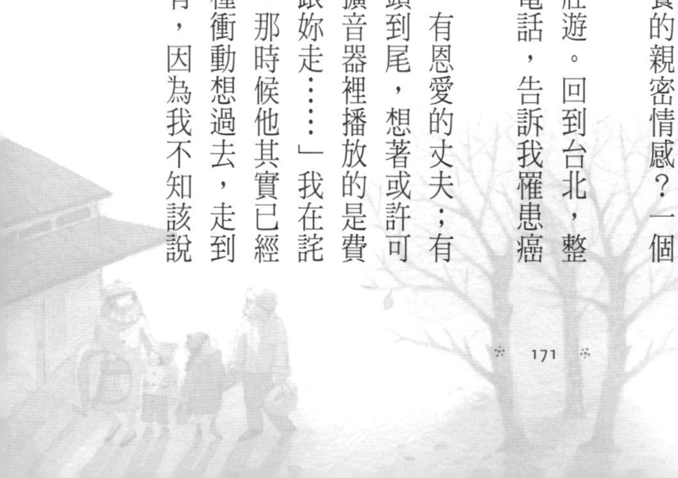

些什麼，而且我怕看見他的眼淚便忍不住自己的眼淚。

人生真的有很多意外啊，只是，那時候的我仍然天真的以為，我已經獲得學位了，有了專任的教職，還有人替我介紹了留美博士為對象，只要我有足夠的耐心，只要我夠努力，就可以獲得幸福。我也以為，這個家庭的坎坷應該到此為止了，應該否極泰來了。

一年之後，我陷在因情感而引起的強烈風暴中，面臨著工作上的艱難抉擇，突然聽聞老師腦幹中風，病情危急的消息。到醫院去探望時，老師已經從加護病房進入普通病房了，聽說意識是清楚的，那曾經偉岸的身軀倒在病床，全然不能自主。那個家庭怎麼辦？那兩個男孩怎麼辦？同去的朋友試著對老師說話，我緊閉嘴唇沒有出聲，我只想問問天，這是什麼天意？不是說天無絕人之路的？這算是一條什麼路？

老師從三總轉到榮總，開始做復健的時候，我去探望，那一天他正在學發聲。五十歲的老師，應當是在學術界大展宏圖最好的年齡；應當是吟哦著錦繡詩句的聲音，此刻正費力地捕捉著：噫，唉，啊，呀……滿頭大汗，氣喘嘘嘘，看護樂觀地說老師表現得很棒，我們要給老師拍拍手哦。走出醫院，我的眼淚倏然而落，順著綠蔭道一路哭一路走，這是怎樣荒謬而殘酷的人生啊。

同時間發生在我身上的傷挫並沒有停止，總要花好大的力氣去應付，應付自己的消沉。從那以後，我再沒有去探望過老師，只從一些與老師親近的人那兒探問老師的狀況，老師出院了，回家調養了，原來的房子賣掉了，搬到比較清幽的地方去了。偶爾車行經過高架橋，我仍會在歲月裡轉頭張望那個方向，帶著惆悵的淡淡感傷。那裡有一則秘密的，屬於我的青春故事。

後來，我與青春恍然相逢

這一年，我已經在大學裡專任了第十一個年頭了，即將跨入四十年紀。生活忽然繁忙起來，廣播、電視和應接不暇的演講，但，我儘量不讓其他雜務影響了教學，總是抱著欣然的情緒走進教室，面對著那些等待著的眼睛。特別是為法商學院的學生開設的通識課程，在許多與生命相關的議題裡，我每每期待著能將自己或者是他們帶到一個意想不到的地方去。

每一年因為學生組合分子的不同，上課的氣氛也不相同，若有幾個特別活潑又充分互動的學生，就會迸出精彩的火花。有時遇見安靜卻願意深刻思考的學生，他們的意見挑戰我的價值觀和認知，也是很過癮的事。一個學期的課，不敢期望能為學生們帶來什麼影響，只要是能提供機會讓他們認識到自己，就已經夠了。

這個學期，有幾個學生聆聽我敘述的故事時，眼中有專注的神采。有一個經濟系的男生，特別捧場，哪怕我說的笑話自己都覺得不甚好笑，他一定笑得非常熱切，也因此他沒出席的日子，課堂上便顯得有點寂寥了。通常這樣有參與感的學生在討論時都會踴躍發言的，這個男生卻幾乎從不發言。該笑的時候大笑；該點頭的時候用力點頭，只是不發言，我猜想或許是因為他不擅言詞吧。輪到他上臺報告時，他從余秋雨的《文化苦旅》說到神州大陸的壯麗山河，全不用講稿，也不用大綱，侃侃而談，不像是商學院的學生，倒更像是中文系的。我坐在臺下，仰著頭看他，原來是這樣高的男孩子。明明是青春的臉孔，流利地報告著的時候，卻彷彿有著一個老靈魂，隱隱流露出淺淺的滄桑。他在臺上說話，煥發著光亮、自信的神態，與在臺下忽然大笑起來的模樣，是極其不同的。當他結束報告，掌聲四起，連我也忍不住為他拍手了。

冬天來臨時，通識課結束，我在教室裡前後行走，看著學生們在期末考卷上振筆疾書。一張張考卷交到講臺上，我從那些或微笑或蹙眉的面容上，已經可以讀到他們的成績了。

捧著一疊考卷走出教室，那個經濟系男生等在門口：「老師。」他喚住我：「可以耽誤妳一點時間嗎？」

我站住，並且告訴他，只能有一點時間，因為我趕著去電臺。每個星期五的現場節目與預錄，令我有些焦慮。

「好的。」他微笑著，看起來也很緊張，隨時準備要逃離的樣子：「我只是想問妳還記不記得一位老師……」他說出一個名字。忽然一個名字被說出來。

我感到一陣暈眩，那一段被煙塵封鎖的記憶啊，雲霧散盡，身形偉岸，微笑著的老師，忽然無比清晰地走到我的面前來。我當然記得，即使多年來已不再想起，卻不能忘記。

「你是……」我仰著頭看他，看著他鏡片後的黑眼睛，眼淚是這樣的岌岌可危。暮色掩進教學大樓，天就要黑了，然後星星會亮起來。曾經，那是晚餐開上桌的時間，如今，我們在充滿人聲的擁擠的走廊上相逢。十幾年之後，他唸完五專，服完兵役，插班考進大學，特意選修了這門課，與我相認，那令我懸念過的小男孩，二十四歲，正當青春，我卻是他母親那樣的年齡了。青春從不曾消逝，只是從我這裡，遷徙到他那裡。

後來，我聽著他說起當年在家裡看見我，清純的垂著長髮的往昔，那時候我們從未說過一句話，他卻想著如果可以同這個姐姐說說話。我聽他說著連年遭遇變故，有著寄人籬下的淒涼，父親住院一整年，天黑之後他有多麼不願意回家，回到空盪盪的家。我專心聆聽，並沒料到不久之後，我的父親急症住院，母親在醫院裡日夜相陪，我每天忙完了必須回到空盪盪的家裡去。那段禍福難測的日子裡，我常常想起男孩對我敘述的故事，在一片恐懼的黑暗中，彷佛是他走到我的身邊來，對我訴說著安慰的話，那是多年前我想說終究沒有說出來的。我因此獲得了平安。

與青春恍然相逢的剎那，我看見了歲月的慈悲。

——選自二〇〇一年《青春》

黃魚聽雷

有一段相當長的時間，吃黃魚總令我有一點罪惡感，因為牠是那樣昂貴的食材。十幾年前的某一天，某個出版社老闆請吃飯，很友善的表示想與我談談出書的可能性，我們約在城內某間著名的中餐廳吃午餐，因為只有兩個人，我們的菜點得不算多，店主人笑盈盈走過來問，要不要來尾黃魚啊？剛到的，很新鮮，眼睛閃閃發亮呢。她形容得很傳神，彷彿黃魚翻個身就能走上伸展臺的樣子。出版社老闆笑起來，問我，來一尾吧？我也笑著，點了點頭。那尾黃魚確實很好吃，筷子一下去，魚肉便崩裂開來，充滿彈性，大約是我兩隻手掌長度的魚，竟然吃得只剩魚頭和魚骨。買單的時候，我正好瞄到價錢，乾燒黃魚，２４００元。不會吧？一條黃魚要兩千多元？就在我微笑著點點頭的剎那，就花費兩千四百元？

然而，那次愉快的餐敘之後，我的書並沒有交給他出版，從此，看到黃魚，便隱隱有著一種不安，總覺得自己也該請他吃一尾黃魚，眼睛肯定要閃閃發亮的。可是，這幾年，黃魚的價格一路滑跌下來，前兩天母親將一尾烹調好的黃魚放在桌上，說是從菜市場標回來的。不知從何時開始，市場的海鮮流行喊價拍賣，「一盤海蝦兩百！有沒有人要？」「一百八？要不要？」我問母親，那麼，這尾相當於我兩隻手掌長度的黃魚，是多少錢標回來的呢？兩百元喔，母親說起來很得意，不錯吧？我在心裡暗暗嘆息，回請一尾黃魚的願望也變得不合時宜了。

小時候菜場的黃魚並不常見，偶爾見到也是不新鮮的，眼睛矇矇的，頭與身體幾乎完全脫離。體形小得如同我手掌一般的小黃魚，春節前後倒是比較容易見到，買回家來通常都是炸酥了吃，連魚鰭都可以嚼嚼吃下去。從黃河流域來的父親，對我們說起他童年時代聽見的典故，說是黃魚的頭裡有小石頭，一到春天打起雷來，石頭變重了，黃魚沉進深深的海裡，就捕不著了。「所以啊，過了年，黃花魚就吃不到囉。」父親把黃魚叫做黃花魚，花字有時候還捲舌，變成黃花兒魚。

年輕時我吃過最豪氣的黃魚是在金門，當時金門還是前線，我曾與一群藝文界人士去勞軍，當時的指揮官宴請我們吃飯，席中有一味牛油酥炸黃魚，半公尺長的肥大黃魚炸成黃金色澤，香味四溢，上桌時所有人都驚歎了。在地下碉堡，喝高粱酒，吃牛油黃魚，成為我對金門奇異的拼圖印象。

我在上海吃過糟黃魚之後，每次去上海總要點這一味小菜，原來黃魚冷著吃也能沒有一點腥味。而我最懷念的，還是童年時父

親為我們熬的黃魚酸菜煲，小黃魚三、四尾，先煎透了之後，下面鋪上切絲的酸菜梗與酸菜葉，還有蠶豆瓣，淋一些高湯，用小火慢慢煨燉，讓黃魚的鮮味完全被酸菜和蠶豆吸收。那時候早上起床，看見黃魚洗乾淨了一尾尾掛著風乾，再看見蠶豆和酸菜，就覺得好幸福。我在廚房轉來轉去，等著酸菜黃魚起鍋的一瞬間，噴發而起的熱騰騰香氣。黃魚的鮮美與酸菜的醒胃，加上蠶豆的清潤，混合成不可思議的美味。

多年之後，父親才說那時候黃魚多半不新鮮，只好這樣做來吃，酸菜和蠶豆也都是很便宜的，正好可以遮掩魚的腥味。但我總以為，那是我吃過最豐盛的黃魚饗宴。還記得那時候，我津津有味的配著白飯吃，心中想著，這些小黃魚到底聽過雷聲沒有？

——選自二〇〇四年《黃魚聽雷》

張家小館
餃子兵

星期三在學校裡有八堂課，中午一小段空檔，我並不很餓，卻覺得有進食的必要，於是，便來到大直，走進一家餃子館吃午餐。在我想來，既是標舉餃子館，他們的餃子應該很不錯。服務生問我要幾個餃子，十個吧，我說，在家裡吃餃子，我都能吃十幾個的。餃子上桌了，我有點錯愕，這……是餃子，不是水煮包子吧？它們的個頭還真大，皮尤其厚，內餡粗糙，我用了好多醬油、醋和辣椒醬，勉強啃完五個，已經棄械投降，誰要再逼我吃完，我鐵定和他翻臉。當我結賬時，服務生還追上來問：「要不要打包？」不用不用，我差不多是逃出來的。一個人緩緩走在秋日街頭，忽然覺得感傷了，我知道終有一天，我會沒有餃子可吃的。

說到底，都是因為我家是餃子世家，而傳到我這一代，看起來是要徹底失傳了。我家有一個擀麵板和一支擀麵棍，年紀都比我大，應該是這個家庭剛剛組成就來到的，新鮮麵條還不好買的時代，父母親要想吃麵條，就得自己和麵擀麵拉麵條。每當有客人上門，像是父親的海員朋友，或是母親的護士同學，小小的屋子擠滿最能吃的青年，大家便一起包餃子，每個人都動手做，邊包邊聊，親密又合作。所以，從我有記憶以來，包餃子就是最平常的活動了。

父母親說在他們黃河流域的老家，通常是過年才包餃子的，而在我們台灣島上的家裡，只要市場有賣韭菜的，就是包餃子的好時節了。

有客人來我家，常常也指定了要吃餃子。吃餃子其實並不省事，從一早起床就開始準備，揉麵啦、料理餃子餡啦，包心菜洗好切碎之後要用紗布包起來將菜汁擠

乾；絞肉買回來總還得剁個好幾遍才能生黏；細細的韭菜一支支揀乾淨，再加上蝦米之類的配料，可得忙和個半天。所以，每當有客人指定吃餃子，並且順道加一句：「簡單點，就吃餃子吧。」我總有點不忿，吃餃子哪裡簡單？等我長大一些，稍稍見過世面才明白，吃餃子確實是可以「簡單點」的，而是我們家把它複雜化了。

到底有多少人在我家吃過餃子，已經無法記數，但是，吃完之後最常有的建議就是：「張伯伯張媽媽開個張家小館賣餃子吧。」在那些人丁興旺的時代裡，我家的餃子都是一板一板的堆放著，大鍋煮著滾水，要煮好幾鍋才歇火。母親負責擀麵皮，父親負責包餃子，一顆顆皮薄而飽滿的餃子，每一顆的大小形狀幾乎一模一樣，端端正正排在板上，直著看橫著瞧，都能成排成列，就像精神抖擻、制服筆挺的士兵，踢著正步從司令臺前經過。朋友有一次驚呼：「哇！好像在閱兵喔。」從此之後，只要包餃子，就覺得父親好像餃子兵團的總司令。

我家過年當然也吃餃子，卻是選在大年初五，說是「破五」，把過去一些不好的事都破除掉；又有一說是「捏小人嘴」，吃了初五的餃子便能封住小人的口舌。有幾年我的年輕女學生總要在初五趕來吃餃子，像是一種祝福的儀式。母親的麵皮要揉很久，愈揉愈柔軟，再放兩個小時，讓麵醒一醒。父親在餡裡加了金黃蝦米、拌肉時加入生蛋增加鮮嫩，還有一個秘方，便是自煉花椒油。將花椒在油裡炸得快要變黑了，花椒的氣味全化進油裡，便將花椒丟棄，等油降溫再淋進餡料裡，撲鼻的香味噴起來，全體拌勻之後，就可以包餃子了。

我待在家裡的星期日，有時還沒起床便聽見剁餡兒的聲音，我知道有餃子可以吃了，便覺得一整天都讓人喜悅。人口簡單的家裡只包出一板餃子，我看著頭髮斑白的父母親，依然專注的擀麵，將包好的餃子排列成兵，覺得上天對我確是特別恩寵的。

——選自二〇〇四年《黃魚聽雷》

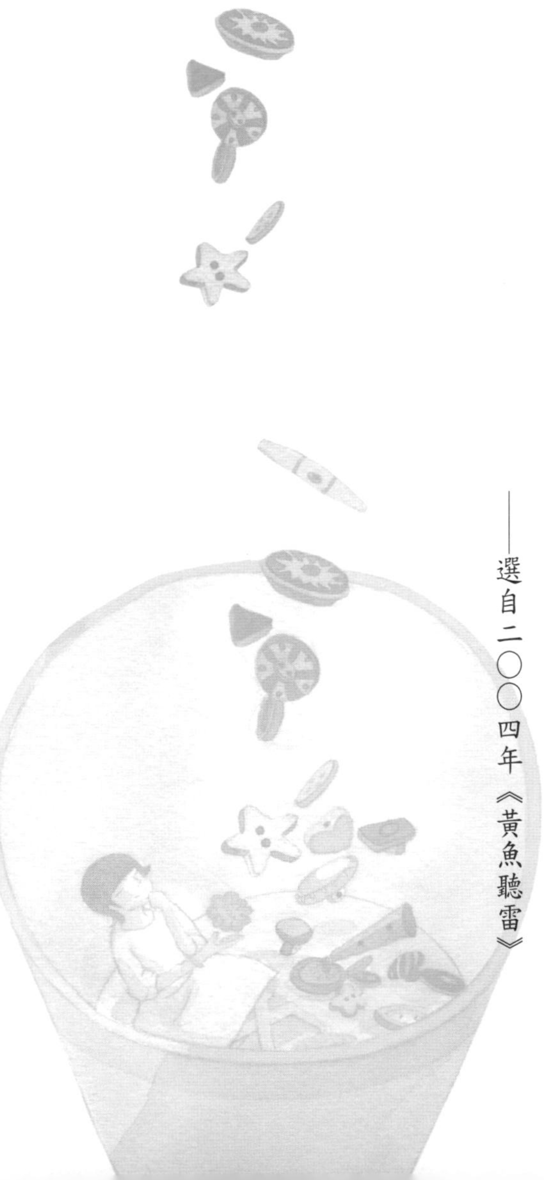

誰需要養寵物

「我再也再也不准妙妙養寵物了！」我的朋友芬妮在和我共餐的時候，加強語氣的說。為了表明決心，她差點打翻了水杯。妙妙是她的女兒，今年十三歲，剛上國中，好不容易脫離了養蠶寶寶的等級，養起了孔雀魚。我還去過他們家欣賞剛剛架起的魚缸，那些活潑繽紛的魚兒，穿梭在綠盈盈的水草間，看起來真是悠遊自在。芬妮說她最怕魚死掉了，好腥又好可怕，偏偏近來一隻接一隻的死。「我老公勸我說養魚可以增加生機，在我看來，簡直是死氣沉沉，一看見又死了一條，我一整天心情都不好……」然後，芬妮開始抱怨，說是老公反正都在大陸的工廠，樂得當好人，女兒說的話言聽計從，妙妙也學會跟她頂嘴：「如果是爸爸才不會這樣……」每次聽見這種話，總把她氣得要命。

「以後再也不可以養寵物了。」母親非常慎重其事的聲音，在我耳邊響起。

那是在我失去那條寵物魚的第二天，母親就這樣宣布了。

我的寵物魚是一條粉紫色的鬥魚，身材修長，並沒有絢爛的背鰭和尾鰭，屬於優雅含蓄型的，當牠游動的時候，尾鰭閃動著銀光。在此之前，我並沒想過自己會再養鬥魚的，因為我的第一尾鬥魚，留下的印象實在太慘酷了點。

那是二十年前，鬥魚剛剛出現，一尾一尾寶藍色或赭紅色的鬥魚，像是穿著晚禮服，每一尾住在一個小小的玻璃缸裡，當牠們看見對方的瞬間，劍拔弩張，背鰭尾鰭一齊奮起，便是鬥魚最美的時刻。我和弟弟一人挑了一尾鬥魚，他挑的是寶藍色，我挑的是赭紅色。我們還合資買了一包飼料，準備養到天荒地老的樣子。兩只玻璃缸放在電視機上，沒事的時候，把牠們靠近一些，讓牠們鬥一鬥。就這麼如魚得水了幾個星期，鬥魚的魚鰭開始破損，還生出白色斑點，我和弟弟跑到花店去詢問該怎麼辦，是的，那時候的鬥魚常常是在花店裡賣的。幾分鐘後，我們兩人再度合資，買了一瓶藥水回家治魚的病。

可是，遵照花店老闆的囑咐滴進幾滴藥水之後，鬥魚竟然會從缸裡跳出來，跌在地板上翻騰。這可嚇壞了我們，手忙腳亂抓起魚，丟進水裡，還要擔心牠會不會腦震盪？會不會內傷？可這兩尾魚像是迷上了跳缸比賽似的，此起彼落，跳個不停，我有時候睡到夜半醒來，會忽然驚惶的跑到客廳裡，看看牠們還在不在缸裡。沒過多久，兩尾魚相繼死去，一尾僵在地板上，一尾死在藥水中，我發現我們從沒有救治過牠們，可能加速牠們痛苦的死亡。魚兒已經死去好久了，我還會夢見牠們跌落在地板上，怎麼撿都撿不起來，我焦慮得團團轉。

直到去年秋天，朋友為我送來這一尾粉紫色鬥魚，一向對養寵物沒什麼興趣的母親，皺了皺眉，我連忙說：「這個很好照顧的，又不用常換水，又不用把屎把尿的，只要餵牠飼料就行了，我自己照顧就好。」母親沒說什麼話，鬥魚就留下來了。為了怕以前跳出缸的悲劇重演，我特地買了一隻漏斗形的玻璃花器，上寬下窄，給牠足夠的空間。朋友帶來一枝水蘊草，說是美化環境，放進瓶裡，隨著魚兒的穿梭而搖擺。剛剛換過清潔的水，鬥魚游起來特別歡快，我也在陽光裡看著水蘊草吐出氣泡，行光合作用。看著便覺得自己的肺葉彷彿也開啟了，更多新鮮空氣湧

進來。第一次聽見鬥魚敲擊玻璃瓶的聲音，是在深深的夜裡，我正在閱讀，牠就在我身旁的櫃子上，噹。噹。噹。直到現在我仍想不通，牠是怎麼鼓起鰓來用氣泡敲擊玻璃的，又怎麼能敲出這麼清脆如磁的聲響？

「嘿，我有一個敲擊手喔。」我發現這件事，迫不及待和送魚的朋友報告。因為他有好多尾鬥魚，並沒注意過這件事，我詳細敘述那是怎樣的一種聲音。就像是自己的孩子剛剛學會尿尿的喜不自勝的母親，甚至是有點喋喋不休起來了。

接著，我去了日本輕井澤旅行，那是一次悠閒快樂的度假旅程，我愛上輕井澤的一切，覺得只是唸著「輕井澤」這三個字，都是美的，有金屬的脆亮。於是，我的鬥魚有了名字，就叫做小澤。我知道替他者命名，常常呼喚，就是投入感情的開始。但是，我總想著，一尾小魚並不會有太大的感情能量。

小澤愈來愈喜歡敲擊遊戲，不只在夜裡，白天也可以聽見，愈來愈多人聽見，並且，只要聽見噹、噹、噹，就會吸引人靠近，將臉貼在玻璃瓶上，小澤小澤，叫著牠的名字。牠也好像聽懂了似的游過來，與人面對面，這一下逗樂了大家，紛紛稱讚牠是一尾有靈性的魚。牠的把戲愈來愈多，有時候像人似的整個兒平躺在水底，有時候半個身子浮出水面，彷彿在等著別人給牠抓背。母親用手指將牠按進水裡，牠會沉下去再浮出來，他們可以這樣玩個好幾分鐘。

自從我出國旅行之後，照顧小澤的責任就完全被母親接下來了。母親最擔心的就是：「牠怎麼吃得這麼少？」她把飼料投進水裡，如果小澤不吃，就用吸管吸出

來，再投進去一次：「看見飼料跑來跑去，牠可能比較會有胃口。」我在一旁看得不可思議，原來做母親的可以溺愛小孩到這種地步，忍不住嘆息：「慈母多敗兒啊。」朋友來我家看見母親無微不至的照顧小澤，想到世事無常，忽然很惶恐，也忍不住要規勸母親：「請把魚當成魚來看就好，千萬別把牠當小孩啊。」

冬天是鬥魚的大考驗，一波波寒流來襲，我們只好把小澤往溫暖的地方遷徙，日光燈下、電熱水瓶旁，牠吃得少了，活動力也差了，好幾次我們都以為牠撐不下去了。初春裡牠的身上長了霉，一隻眼睛腫得跟金魚一樣，我看見的時候，又驚又痛，哇地一聲便哭出來。這一哭，嚇到了送魚來的朋友，他知道不僅是母親，連我也投入太深了。朋友用藥治好了小澤，我又常常可以聽見牠敲擊玻璃的噹噹聲，姪兒姪女來我家，也一定要和牠玩一會兒。小學二年級的姪女，還畫了一幅小澤的蠟筆畫，題為：「可愛的小魚」，倒是把小澤身上的色彩捕捉得挺好的。

天氣漸漸暖起來，我想，小澤安然度過寒冬，又熬過一場病，應該沒有問題了。母親確實告訴我小澤幾乎不吃東西了，活動力也減低許多，但我每次湊過去看牠，牠總還是奮力游上水面，仍舊是很歡快的樣子。母親節前一夜，我獨自一人在趕稿子，疲憊中還有點低落，那陣子忙碌著太多事，是有點心力交瘁了。忽然，噹噹噹，噹噹，噹噹噹……從沒聽見過這麼長的敲擊聲，像是一連串的音符，又像是一種密碼，我停下鍵盤上的手指，轉頭看牠。小澤也停在水中，似乎也在看著我。我感到一種陪伴的溫暖，彷彿牠在幫我打氣，我知道自己並不是孤單的，多麼窩心。

那時候當然不知道，這竟是絕響之夜。

母親節那天，姪兒他們都來了，我們赫然發現小澤的缸是空的，連水都倒掉了。母親紅著眼說一覺醒來，發現魚已經死了，怕我看了會難過，就處理掉了。剎那間，連孩子們都安靜下來，過了一會兒，姪女走過來對我說：「我想到辦法了，姑姑。我們把那張圖畫背面撐起來，再把它放進瓶子裡，就好像小澤是活的一樣。」我順手把姪女擁進懷裡，對於安慰人這件事，小孩往往比大人更在行。

人們總是說，讓孩子養寵物，他們可以學習付出與愛，還能學得死亡這堂寶貴的課程。那麼，成年人又是為什麼要養寵物呢？

有個朋友戳破我與小澤靈犀相通這件事，他說魚的記憶力很短，並不可能認識主人，牠只是想要食物，他說大多數的寵物都僅只如此而已，情感這一類的事，很多時候是主人幻想出來的。於是，我發現，我們對於寵物的理解，正投射出我們對這世界的理解與期望。我希望世上萬物都與我有互動有

靈犀，也相信唯有情感是我們活著的最重要救贖，所以，我的魚兒成了玻璃敲擊手，安慰我每個孤單的時刻。

哪些成年人需要養寵物呢？

有著很多愛要分享的人，藉由愛寵物而自我完成。母親的一個朋友，年輕時候傾注全力幫助丈夫，教養兒女，年紀大了，丈夫過世，兒女各忙各的，她開始莫名其妙頭暈、渾身疼痛，直到母親送她一隻愛情鳥。幾年之間，再沒聽說過她身體不適，她神采奕奕的帶著八隻愛情鳥和三隻流浪狗，覺得生命充滿喜悅與幸福。

也有對於世上人情感到失望的人，發現寵物比人更加忠誠，不離不棄，藉由養寵物達到療癒功能。我有一個朋友，很年輕就結了婚，小孩生下不久，一直全心倚賴的丈夫就出了軌，到後來欠下一屁股債，遠走高飛。朋友白天晚上都要工作，因為周遭朋友不是債主就是夥同丈夫欺瞞了她，她一個也不信任，根本找不到人幫忙，陷入絕境之中。她把一歲多的孩子放在家裡，竟然發現那隻三歲多的貓咪會替她照顧孩子。孩子滿地爬，貓咪就在一旁看著，孩子要爬高，貓咪會扯他下來，孩子往廚房去，貓咪會用肥肥的身軀攔住孩子。她就在貓咪的支持下，度過生命的最低潮，後來她做直銷做得有聲有色，現在家裡大大小小有十幾隻貓，多半都是流浪貓，還請菲傭來照顧。貓咪保姆當然已經不在了，可是，她的生命裡再也少不了貓。

還有一種人，是為了滿足虛榮心而養寵物的。追逐名牌與各種養生之後，豢養寵物可能成為最時尚的生活品味，他們也許一點也不愛動物，可是，當寵物也有了身價與流行，一切都不同了。如果要養魚，魚種還不是最重要的，重要的是缸，缸的尺寸愈大，才能顯出家中的氣派。如果要養狗，當然不養吉娃娃，要養就要是黃金獵犬或者是拉不拉多，這種大型犬需要的空間比較大，是眾所周知的。我就見過一個設計師渾身名牌，聽說大家都在養米格魯，便央請工作夥伴替他找一隻，等到小狗真的出現，一群愛狗狗的男男女女全趴在地上逗狗狗，只有他站得遠遠的，一會兒說：「身上有沒有蟲啊？」一會兒又撇著嘴說：「長得不怎麼樣嘛。」很勉強的抱回家兩天，又帶來退貨，夥伴惱火起來，告訴他有某某某一直在問，很想養呢，他不要正好。那個某某某是行內與他齊名的另一位設計師，他一聽見這句話，馬上把狗狗抱緊：「什麼？他想來搶？沒可能。我現在非要不可。」狗狗不再無家可歸，只是我們都很替牠擔心。

我其實明白母親嚴令我不能養寵物的心情，一尾小魚的死去，也能這樣打擊她，更何況是比魚大許多，更有互動情感的其他動物。我想起多年前一位老教授，我們都去他家裡上課，家裡有隻皮色發亮的中型犬，特別通人性，每每像旁聽生似的倚在教授腳畔，有一次教授撫摸著牠，忽然對我說：「深情之人，不可養寵物。」那時候我抬起頭，還不明白自己是否深情。

——選自二〇〇五年《不說話，只作伴》

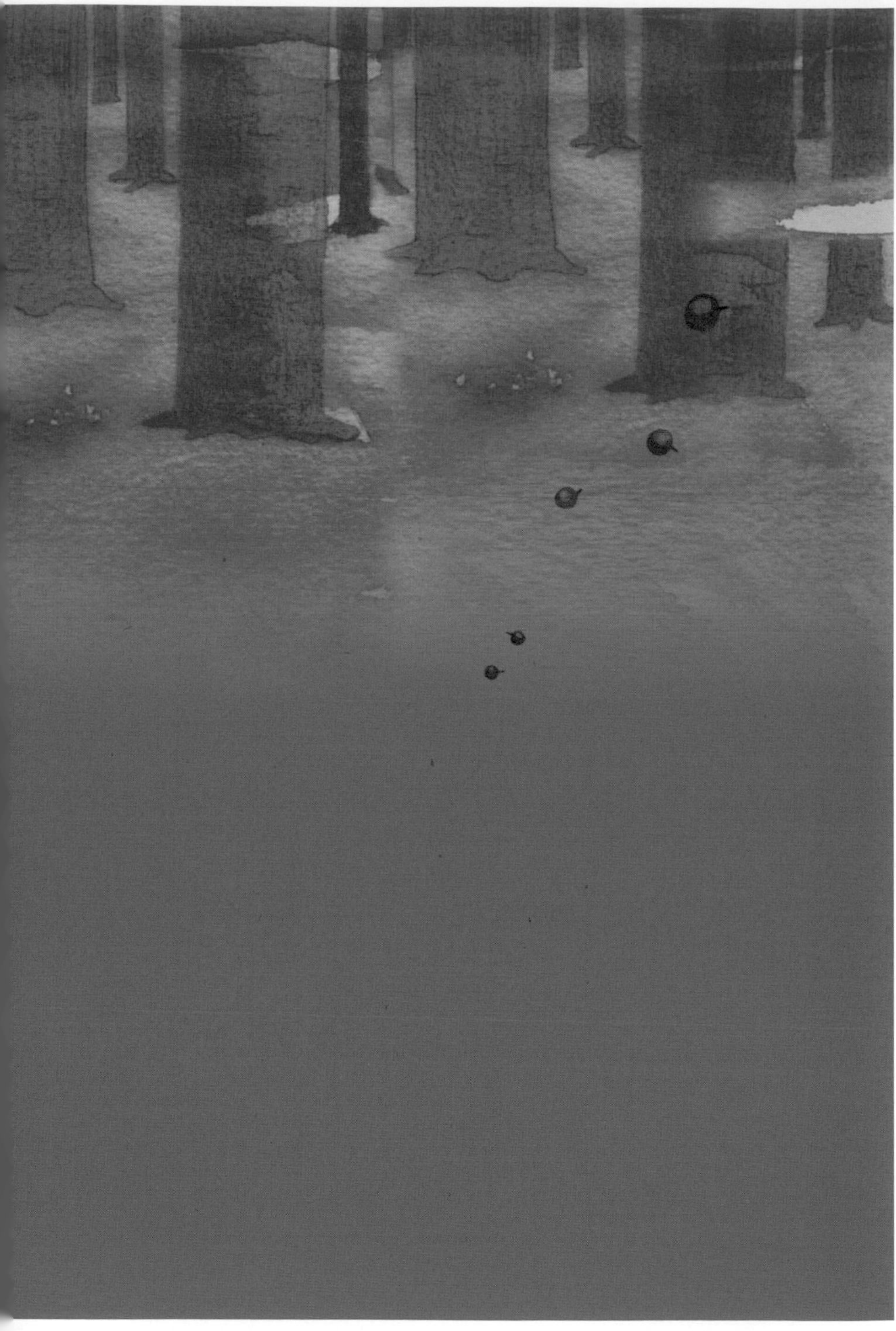

誰來與我相愛

在年輕的時候，我常常會作這樣的夢。

我獨自一個人穿越濃霧，既孤單又徬徨，但，我命令自己不可以哭，哭是沒有用的，必須要往前走。於是，我只好像個盲人那樣摸索著。我憂慮下一刻，就會被絆倒，會滑跤，這些事都是可能發生的。我可以聽見自己急促的喘息，在安靜的空間裡，分外喧囂。然後，有一個人，安靜的來到我身邊，握住我的手，帶著我往前走，我看不清那人的模樣，甚至不能分辨是男人或是女人，但，我卻忽然安下心來，彷彿，我一直是在等著他的。

彷彿，我確認他能帶著我走出迷霧。我可以完全信賴他。

就在我完全卸下戒心的時刻，他忽然鬆開手，而我腳下出現一個大洞，我在瞬間墜落。急速的下墜，使我驚悚怵慄，猛然醒來。

有個朋友替我解夢，她說，這就是愛情的象徵喔。妳一個人在迷霧裡，就是在尋找愛情，等待愛情，而妳掉進一個大洞，表示妳很害怕在愛情裡受傷。

聽起來合情合理。可是，我並不是害怕在愛情裡受傷，我確實是掉進那個洞裡，絕望的往下墜落啊。我並且還清楚的記得，原來握住我的那隻手，倏地抽走的剎那，掌心裡那種冷颼颼的感覺。

在夢裡受傷，醒來還記得痛楚。

「在這個世界上，妳總會找到一個愛妳的男人。」少女時代，有個阿姨這樣對我說過。

那個阿姨結過兩次婚，又為愛情漂流國外，在二、三十年前，算是很另類的，絕不會是女性期望的理想典型。可是，已過中年的她，談到愛情這件事，眼中依然閃著亮光，依然全心全意的憧憬和相信。

我在少女時代，像竹竿一樣的抽長、飆高之後，體重卻完全沒有增加。因為高人一等，又因為像難民一樣的瘦弱，令我很自卑。阿姨安慰我：「青春期就像換毛的小雞，既不可愛，又不美麗，可是，換上了一身新的羽毛，那可就漂亮了。」我覺得我並不是換毛的小雞，我是換毛的小火雞，醜上加醜。

「妳參加舞會的時候，麻煩請站著，千萬不要坐著。」有個學長不帶惡意的叮嚀過我，「妳坐著看起來是個小個子，一站起來，我的天啊，真嚇人。所以，麻煩妳還是站著，免得嚇到人。」我一直不喜歡參加舞會，因為怕嚇到人。

考進研究所的時候，教授和我們這些女生開玩笑：「妳們有沒有男朋友啊？如果現在沒有，以後可就難囉。」那時候，我們可是熱血沸騰的求知女青年，這些恫嚇一點也起不了作用。二十出頭的我們，都以為愛情和學業是可以兼顧的。

「現在的男人，不是最喜歡跟女老師結婚的嗎？」我們彼此安慰，卻忽略了一件事，男人愛的是女教師，可不是女教授。

高學歷，使男人在婚戀市場上待價而沽，卻使女人「待嫁而枯」了。

「妳只要說妳唸過研究所就可以了，千萬不要說妳是博士，這種事不能提，會嚇到別人的。」我的同學，在好幾次的相親之前，都被如此耳提面命。一葉知秋，我不肯去參加相親活動，因為不想嚇到人。

「什麼樣的女人都能娶，就是不能娶女作家。」我聽過不只一次，有男人這樣被警告著。女作家天天暴露別人的隱私，又慣常把家務事拿出來作為創作題材，真是危險份子。

女作家是一種神秘的，難以理解的行業。她們平常過的都是怎樣的生活呢？「慾望城市」裡的女作家凱莉，結交了一群時尚好友，畫廊經理人、專業律師、權威公關，她們天天華服美鞋，出入於城內最時尚的俱樂部，隨時可以找到一夜情，處處有俊男圍繞。這大概是首度以女作家的生活和感情為題材的劇集，吸引全球無以計數的眼光和歆羡。

「妳們這些女作家，一定有很多朋友吧？」「慾望城市」都是這樣演的。

「妳們這些女作家，要參加很多不同的Party吧？」「慾望城市」看見的就是這樣。

「妳們這些女作家，感情生活都很多采多姿吧？」看看凱莉的羅曼史，一筒衛生紙卷都寫不完。

我到香港的大學任教那一年，最大的挑戰就是百廢待舉的電腦設備，連有注音的鍵盤都找不到，而我除了學校的課程，還有那麼多要趕著繳交的稿子，沒有電腦，簡直無以維生。我們每個教授，都有一位研究生作為助理，我和我的研究生助理，每天都與電腦的軟體、鍵盤、印表機努力奮戰。然而，別的教授看見她，卻似

笑非笑的問：「妳每天忙著陪張老師去逛名店，買名牌吧？」

言下之意，這便是我這個女作家全部的生活內容了。

一直到這幾年，我去大陸為新書做宣傳，許多人對我的生活細節還是充滿好奇：「妳寫稿的時候，會有些什麼怪癖嗎？」

怪癖？我很想符合他們的期望，可是，確實沒有什麼聳動的秘辛，與人分享。在寂靜的尷尬時刻，記者提起一位紅遍華人地區三、四十年的暢銷女作家：「像她的怪癖啊，就是寫小說的時候，全身都要脫光光，一絲不掛喔。」

一絲不掛？誰說她一絲不掛？誰看見她一絲不掛？

在那一刻，我忽然明白張愛玲闖蕩上海，總是在服裝上標新立異的心情，反正妳不作怪，別人也當妳是個妖怪。

檢視著自己的前半生，我看見三個最主要的不利因素：身高太高，學歷也高，還是一個暴露別人與自己隱私的女作家。當然，我也看見一些次要的不利因素，像是不參加舞會；不願意相親，還常常搞自閉。

這樣的命運，並不是無法轉圜的，我也曾遇見過可能會有的改變。

一個男人帶著愛情來與我相遇，他向我保證在結婚之後，會給我過著安逸的生活，他是美國大學裡的教授，允諾我可以利用寒暑假四處旅行。

「我們可以搭火車遊歐洲，上午逛香榭大道，下午就去了白金漢宮……」我聽得著了迷。

他對我描述旅途中的奇遇，有一次，他在深夜裡開車開到瞌睡，便停下車來，好好睡了一覺。黎明時分他醒來，發現自己置身於整片草原，草原上開放著不知名的花卉，像一張畫布。而太陽緩緩從地平線昇起，點亮整張印象派色彩繽紛的油畫。我聽著，彷彿推開車窗，也看見了那幅震動人心的藝術品，激動不已。

「雖然妳平常的生活會有點無聊，可是，到了放假就好啦。」男人這麼說。

「我一點也不無聊啊，我又要教書，又要寫作……」

「不不不。跟我結婚以後，妳不用教書，也不需要寫作了。」

我的眼神頓時黯淡下來，心情降至冰點。

如果他需要的女人，既不是一個大學教師，也不是一個作家，為什麼要與我戀愛？他愛的到底是真實的我，還是一個他以為可以完全改變的女人？

我們為這件事溝通了好幾次，每次都只讓我們感覺更沮喪，「這個人不是我要的」，這感知愈來愈鮮明。於是，歐洲火車失去動力，印象派花海在陽光中融化了，我那最接近幸福的一次想望落空了。

「妳的感情沒有著落，是因為妳的名字，這名字令妳成名，卻成為愛情的阻礙。」有個研究姓名學的朋友，很熱心的為我指點迷津，她建議我換一個名字，一個可以讓自己紅鸞星動的名字。

聽起來我的名字像是一個魔咒，只要我能像「神隱少女」一樣，遺忘自己的名字，就能遇見一個真命天子，獲得愛情與幸福。

不只是我要遺忘，遇見我的人也要被蒙在鼓裡才行，就像是古式婚禮，新郎並不知道拜天地的那個女人，到底是方臉還是圓臉？鬥雞眼或滿嘴蛀牙？等到正式成為夫妻了，掀起蓋頭的那個瞬間，一翻兩瞪眼，卻已經不能退貨了。

為什麼聽起來那麼像是一場騙局？既欺騙了別人，也欺騙了自己。

我究竟沒有更換自己的名字，也沒有放棄自己想要的生活。

就這樣，可能會有的改變，也讓我錯過了。

故事講到這裡，應該是一個挺悲哀的狀態了，可是，我發現自己的日子愈過愈快樂，生活愈來愈充實。

首先，我要感謝曾經與我相愛的人，他們不畏懼那些魔咒，也不企圖改變我，只是愛我。他們有足夠的自信，讓我可以保持自我。只要我願意，便可以穿上高跟鞋，甚至比他們還高。我不必隱藏自己是個博士，也不必假裝自己是小學老師，我不必維持浪漫形象，也不必刻意展現知性美。

只要做真實的自己，就可以了。

年輕時的夢境，那片迷霧森林，並沒有出現，在等待和尋找愛情的路途中，我有著充足的天光照射，可以把自己和前方，都看得很清楚。

我還要感謝與我分離的那些情人，很多人分手的原因，都是因為第三者的介入，但是，我和情人之間，卻是因為個性問題或價值觀差異難以為繼。

第三者介入的感情，充滿謊言、虛偽、背叛，而背叛又是人類最感痛苦的傷害。我和我的情人們，或許，曾經讓彼此失望，曾經淡漠以對，曾經用鋒利的言辭割傷對方，所幸，沒有背叛，也沒有因為背叛而說出的謊言。

夢境中，突然鬆開了手，讓我失速墜落的情節，迄今沒有發生過。「那麼，我們只能走到這裡了，真的沒辦法繼續往下走了。」常常，我和情人這樣心平氣和的商量著。我們都同意了，應該要鬆開彼此的手，於是，兩隻手鬆開來，讓風從其間流動而過。

我的掌心猶有餘溫，我的雙眼盈滿淚水。

有時候，我覺得自己美好得值得他人熱愛；有時候，我覺得自己豐富得想傾盡所有去愛他人，而在更多的時候，我認為彼此相愛，是最奢侈貴重的幸福。

因為我有過這樣的幸福，我相信自己將再次擁有。

——選自二〇〇五年《不說話，只作伴》

城裡藏著一片海

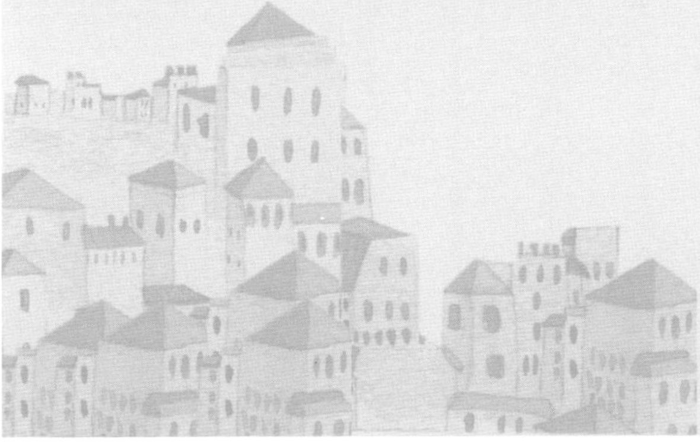

我的腳踩在鋪石地上，發出清脆的回聲，從下榻的HOTEL CARLOS V走出來，站在馬德里剛剛破曉的晨曦微光中，竟覺得仍在夢裡，沒有醒來。

可能因為長久的飛行，一直處於昏昏欲睡的狀況，沒有白天也失去黑夜，有東西送來就吃，吃完了再睡。我彷彿曾經醒來過，推開遮陽板，想看看外面是晝是夜？我看見一顆顆壯碩燦亮的星星，被懸墜在宇宙間，星空之下的城市，點滿了細微璀然的燈火，一大片，像是與星光的對話。

不知道是哪裡，被星星看顧的一座城市，有很多幸福的人吧。

星星看顧的旅行

我感覺是幸福的，因為住宿的旅館位於太陽門廣場（Puerta del sol）與卡耀廣場（Plaza del Callao）之間，緊鄰最繁華的商業街古蘭維拉大道（Gran via），有著數不盡的櫥窗與貨品。雖然我們抵達的時間太早，很多商店都沒開門，但是，環顧四周的Fnac、英國宮百貨公司與ZARA旗艦店，已經被喜悅所充滿。

其實我從沒想過要來西班牙，只是想和兩個年輕的好朋友一起去旅行，他們計劃了這次的旅行，我便跟隨著他們來到馬德里。

然而，每個聽說我要到西班牙的人，都會蹙起眉頭擔憂的說：「那裡很多賊啊，挺危險的。」甚至連我到銀行去辦歐元兌換，櫃檯小姐將錢交給我的時候，也說：「那裡很多小偷喔，要小心啊……」並且，她的眼睛看著我，像施行著一種魔咒似的，一字一字的說：「尤其是妳，要特別小心。」怪了，為什麼「尤其是我」呢？好容易在西班牙機場降落，遇見一個台灣的女留學生，當然也絕對免不了的對著我特別叮嚀一番。

好像全體人類都已認可，我千里迢迢到西班牙來，為的就是給人偷，讓人搶的。

戒慎恐懼的我的心靈，在早晨的清新空氣中漸漸鬆弛了。這裡明明是一座內陸的城市，可是，豔毒的太陽還沒出來前，整座城浸潤在一種去除了辛辣的薄荷氣味中，撩人的微風飽含水分，滋養著肌膚。所以西班牙女人多生得美，黑色長髮，不高卻窈窕勻淨，典麗的五官，非常女性化的服飾與裝扮。詩人朋友在街頭站立片刻之後，神秘的告訴我他的發現：「城裡一定藏著一片海，只是我們看不見。」

我馬上點頭同意，因為這片看不見的海，才能孕育著這麼多如同熱帶魚般款款游動的美麗女人。

才到馬德里第一夜，我也就同意了許多旅遊書上所說的，這是一座愈夜愈美麗的城。夜來得遲，大約要到八、九點天才肯黑，許多露天餐廳已經坐滿了

人，等待著鮮黃色香噴噴的海鮮飯上桌。充滿了貝類與墨魚，鮮蝦和雞肉，以番紅花醬汁焗烤而成的西班牙海鮮烤飯，盛在洗臉盆一般大的器皿中端上桌，曾是我渴望的美食，然而，「好鹹啊」這樣的嘆息，從吃第一盆海鮮飯到最後一盆，始終沒斷過。我有足夠理由相信這裡藏著一片海，所以鹽不用錢。

那個一定會被偷或被搶的魔咒，果然不負眾望在第一夜來襲。

吃完晚餐已經快要十一點了，我們穿越人潮擁擠的夜市回旅館，我的背包不像Eric和Samuel防衛得很嚴密，開口處都有號碼鎖，所以，我索性將背包從背上取下，提在手中。忽然，在陌生的話語喧囂中，像一陣凝滯溫灼的風席捲而至，我的寒毛豎起，渾身緊張，告訴自己，來了，真的來了。

接著，一名男子從我面前經過，迅速彎下身子，用力抓住我身後同伴的腳踝，我還不知道該做什麼反應，已聽見同伴恫嚇的宏亮喊聲，那聲音振動了周遭的人，男人更快速的從掌中撒出幾個銅板，口中嘰哩咕嚕的，彷彿他只是掉了錢正在揀拾的樣子。一切都發生得很快，我們在驚悸中繼續快步前進，只想趕快回到旅館。

回到旅館臨睡前，三個旅人異常亢奮，不斷討論著這場與賊的遭遇，許多人在西班牙有過的經歷我們也有了，並且還能全身而退。談著說著，漸漸安靜下來，沉沉的睡去了。在這許多天使站立屋頂的城裡，賜與我們第一夜的酣然好眠。

拒絕追隨海明威

即將進入普拉多美術館（Museo del Prado），忽然聽見一陣雷霆聲，我站住看看朗朗晴天，正懷疑自己聽錯了，雷聲又響。原來是馬路有一截仍保留著鋪石路，並不是薄薄的石片，而是結實的石塊一方方砸進土地裡，像牙齒深入齦肉中。當車輪碾行而過，便發出一種金石般的聲響，像雷霆。

普拉多美術館是西班牙美術保存最完整的博物館，從十二世紀到十九世紀，委拉思蓋茲、哥雅等許多大師的繪畫安靜而又喧囂的排列在牆上。令我印象最深刻的卻是艾爾・波斯科（EL Bosco，一四五〇—一五一六）繪出的「天堂行樂圖」，數以幾百計的各種膚色的男男女女，全部赤身裸體，以各種方式糾纏在一起，還有巨大的花蕊與果實，鳥和魚，各種交歡的姿態，在各種超現實的宛如太空飛行器的容器中，在各種破碎或完整的樂器中，怪誕的題材，鮮豔的色彩，彷彿還能聽見狂歡的尖叫與呢喃。

令我目眩神迷的還有主廣場（Plaza Mayor）上那些街頭畫家的作品，主廣場四周的建築物圍出一塊方形的廣場空間，露天咖啡座與典雅的建築環繞下的廣場上，有一些街頭畫家正在繪畫，陽光下每幅油畫的顏料推擠著，厚厚的重疊著，畫裡的花啊魚啊建築物啊，彷彿下一秒就會站起來活過來。我測量著那些圖畫的面積，估量著是否可能帶一幅回台灣？我又測量著自己手臂與肩膀的寬度，揣度著是否可能

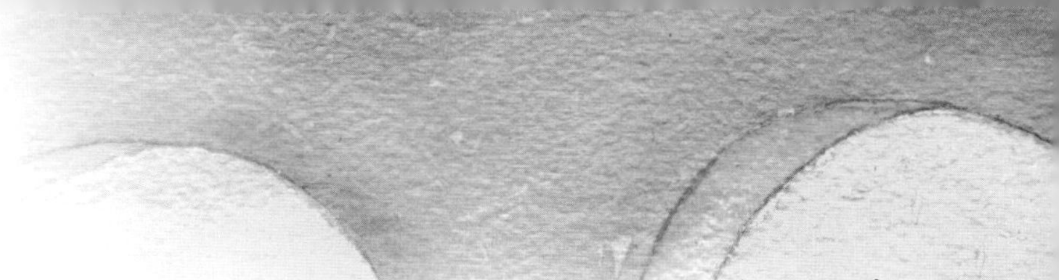

扛著它繼續衝州撞府的旅程？最終，還是放棄了。

畫既然帶不走，美食便是不能錯過的了。馬德里最後一夜，我們選擇了主廣場附近，號稱全世界最古老的飯店，據說海明威也常光顧的波丁餐廳（Restavrante Botin）。照著旅遊指南的指示，想嚐嚐烤乳豬的好滋味。西班牙人的英文一般不靈光，店經理為我們安排了會說英文的侍者，人高馬大的侍者見我們並沒點套餐，而是分別點了幾個主餐和前菜分食，立即顯露出傲慢的態度，甚至告訴我們不可以分食。在進餐的過程中，他魯莽的收走我們還沒動過的主菜，我們要回了菜，他又收走我們的餐具，只留一份給我們三個人。我的樂觀和耐性徹底失去了，我們是渡海而來的顧客，並不是乞丐啊。我一把火的找經理理論去了。理論過後，經理道歉，發還餐具讓我們繼續把飯吃完，可是，心情全被破壞了，烤乳豬吃在嘴裡像嚼柴。

尋找餐廳時，我們曾經過一家門口寫著「海明威從未到此用餐」的餐廳，也許在那裡吃飯會更愉快些。我決定，接下來的西班牙旅行，只相信自己的直覺，絕不再追隨海明威了。

離開馬德里那天起得很早，天才矇矇亮，我們拖著箱子去搭地鐵，輕快的行走在鋪石路上，細小的輪子滑行而過，竟然也發出了脆響的雷霆之聲，我深深吸一口氣，感覺身體被薄荷空氣充滿，是的，我們正在路上，向更遠的遠方出發。

——選自二〇〇七年《天一亮，就出發》

星星忽然傾斜了

腳踏車的森林

老實說，第一次看見「輕井澤」這個名字，是在房屋廣告上，價格昂貴的豪廈，標舉著輕井澤的華貴格調。然後，暑假裡我在電臺代班，訪問的旅遊雜誌恰好就在推輕井澤這個地方，說是有美麗的森林與歐式別墅，是過去的洋人與日本皇室貴族度假的地方，來賓說可以騎著腳踏車從森林中穿越，去到湖泊，或是尋找森林裡的下午茶，我的興趣忽然來了，不是洋人；不是貴族，而是腳踏車加上森林。

是的，一輛腳踏車，一座森林，一直都是我最貴族的夢想。

幾年前我曾經在溫哥華的史丹利公園（Stanley Park）騎了幾個小時的

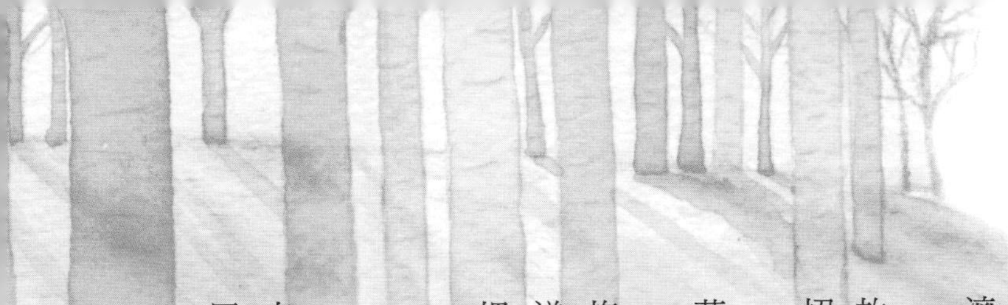

腳踏車，一邊是海灣，一邊是樹林，我輕巧的穿越，切開秋日的薄荷空氣，滿滿的吸進肺裡。當我轉述的時候，聽的人都會露出羨慕的表情，熟知內情的人才會知道，我在那次的腳踏車遊公園中，狠狠地摔了兩次。其中一次將腳後跟摔得鮮血淋漓，但我很堅強，還是騎完全程，充分表現出巾幗不讓鬚眉的精神。

只是摔成這樣再不能穿球鞋了，接下來的洛磯山之旅，我只好將包裹傷口的腳放進長靴裡，從導遊到隊友，都對我投以異樣眼光，哪有穿著長靴爬山的？不是太招搖就是太沒常識了，我頓時變成有苦說不出的巾幗英雄。

聽見輕井澤可以騎腳踏車，我馬上訂下秋天的旅行，就是輕井澤了，唸起來有著金屬的脆響。

我發現果然許多人都沒聽過輕井澤，聽過的人直覺反應便是「好貴喔，都是貴族才去的」，接著就問我去做什麼？我說我要在森林裡騎腳踏車，逛一逛古老的街道，看看他們的歐風別墅……「就這樣？」朋友不太相信的樣子。當然囉，聽說那裡有一個規模很大的Outlet，有時間的話也是會去看看的。朋友露出欣慰的表情，「我就說嘛」是她想說沒有說出口的話。

真令人沮喪，我確實是為了腳踏車和森林，才想去輕井澤的，怎麼沒人相信呢？

按照行程安排，我們應該要在東京停留三天，這三天不斷的擠在人潮中上車下車，唯一讓時間凝結的片刻，就是在台場搭上摩天輪的那十幾分鐘，愈升愈高，四周景物都降下去了，漸漸脫離了。我極目遠眺，可以看見輕井澤嗎？

五千七百五十日幣是ＪＲ長野新幹線指定席到輕井澤的票價，並且他們是接受信用卡的，經歷許多拒刷信用卡的商家之後，覺得ＪＲ真是太有人情味了。

七十分鐘的車程，正好吃一個便當，閉上眼睛稍稍休息，輕井澤嶄新的車站就到了。新站明亮寬敞，並有南口、北口兩個出口，北口還屹立著木造的舊站，修護得很好，等待著遊客扣問時間的聲音。相對於北口的清靜，南口就喧囂熱鬧多了，人群如流水般的湧出湧入，有一瞬我以為自己還沒離開東京。除了詫異，還有小小的失望，不是說輕井澤是個清幽的度假勝地嗎？隨著人群走出車站，看見整排森林中的建築物，便恍然明白，這不就是傳說中的Outlet購物中心嗎？

步行三、五十公尺，便走進Outlet，世界各國的名牌過季商品，依然光鮮亮麗的展示著，價錢尤其令人振奮。幅員遼闊的購物中心分為West、East，還有New West，周圍被森林與高爾夫球場環繞，兩區之間並有免費接駁車穿梭。為了讓陽光與綠意不受阻隔，任意流動，建築物主體都是玻璃帷幕。Outlet裡面還有美食街與電影院，不管什麼時間美食街的每個食肆門前都大排長龍，外來者可能會產生錯覺，以為有特價優惠或是買一送一，其實，只是日本人愛排隊。

落葉作著眠夢

輕井澤分為「新」、「舊」、「南」、「北」、「中」，北輕井澤與中輕井澤完全是自然的山野景致，那裡有一座眠睡的火山「淺間山」，夏日綠意蔥鬱，秋天裡被一層層紅黃色的落葉所覆蓋，安靜地作著夢。在夢中或許還能見到自己的前世，曾是一座憤怒的火山，一七八三年間噴出的烈燄與岩漿奪走四、五百條人命，在日本史及世界災害史中名列前茅。正因為她的憤怒與優美都那麼動人心魄，吸引了許多文學家的溫柔目光，像是森鷗外、尾崎紅葉、芭蕉、北原白秋……都把這裡視為心愛的度假之地。

至於新、舊輕井澤就是另一種懷舊的印象了，沿著三笠通這條最寬闊的馬路騎向舊輕井澤，兩旁的屋舍或店鋪多是平房，有時候會有兩層樓高，但絕不會遮住後方樹林裡的枝葉。手工藝品店、麵包店、蜂蜜專賣店、果醬店，各式各樣的鋪子迤邐而去。遊客多半都是緩緩的散著步，騎著腳踏車的我們反而顯得莽撞了。

不過，當我們從三笠通右轉，轉進「万平飯店」的万平通，忽然覺得騎腳踏車是太明智的決定了。「万平飯店」約有一百一十年的歷史，外表是木造的別墅，內部則是原木傢俬、赭紅色地毯，燈光並不明亮，顯出厚重的感覺。我們穿過杉樹林，一段大喘氣的上坡路，下午時分抵達飯店。在樓下的coffee shop享受傳聞中的下午茶，侍者很客氣的登記我們的名字，然後，請我們排隊。

我點了備受推崇的皇家奶茶，還有金黃色的松子蛋糕，犒賞自己努力運動的辛勞。奶茶用信州甘醇濃香的牛奶煮成，一點澀味也沒有，松子蛋糕的表層全是松子，蛋糕鬆軟綿密，不甜不黏，很好入口。當太陽下山，四圍空氣漸漸寒涼起來，

這真是細緻的撫慰。

吃完下午茶，往舊輕銀座通去，那裡是最早的商業發展與生活重心地區，有自製洋式香腸的「腸詰屋」、約翰藍儂最喜愛的麵包店「France Bakery」、以窯烤麵包出名的「淺野屋」，買了剛出爐的法國麵包，最理想的搭配就是「中山果醬」店的阿薩姆藍莓果醬，用整顆果實做成，吃進嘴裡還能嚐到藍莓在陽光裡的熟香。我也在那條街上，為喜愛蕾絲的朋友在「大城蕾絲」挑了雅致的蕾絲面紙套。只是，這條街打烊打得挺早的，晚上七點多差不多都拉下鐵門了，遊人也倏地消失。我走著，燈光的掩映之下，似有若無之間，彷彿在那些轉角處，還留著百年前洋人的遊魂。

穿越童話的扉頁

出發之前，我和朋友早就預約了輕井澤民宿區的民宿「Candytuft」，那是一幢樹林間的粉紅色歐式別墅，由一對年輕夫婦經營。選擇它的兩個因素是：他們有許多體貼女性旅者的貼心設計，並且還可以免費提供腳踏車。我們

從計程車卸下行李，男女主人便站在門口等待，當我們在玄關換拖鞋的時候，男主人已經將我們這兩個女生的大小箱子提進二樓的房間裡去了。

房間比一般星級旅館還寬敞，電視、梳妝台、衛浴設備一應俱全，推開窗便是綠草地和霧中的青山。蓬鬆的羽毛被用田園風格的碎花布罩著，地毯是深紅色的，如果冷的話，可以按一個開關，地板會暖和起來，暖空氣往上昇，我便感到薰然欲睡了。

一樓還有兩間大浴室，像小型的大眾池，主人準備了麥飯石溫泉，以及烤箱的設備。我以前在加拿大和荷蘭也住過民宿，他們也準備早餐，但，都是在自家餐桌上，一

堆人圍著吃。我還吃過烤焦的吐司，從堆積如山的水槽裡撈出來的咖啡杯，水龍頭下面過一過，便倒咖啡給我們喝，讓人倒足胃口。

「Candytuft」在一樓有一間明亮的餐廳，約有十張桌子，他們為每一房的住客都準備了一張桌子，早餐與晚餐都在這裡享用。於是，我們在晨光灑落的森林裡吃早餐，精緻豐盛的料理，無限供應的咖啡、紅茶與牛奶。

吃完早餐，輕井澤之行的重頭戲上場了——騎腳踏車。沿著森林往前騎行，我嗅到薰衣草與薄荷混成的氣味，每騎一段路就有一幢童話故事裡的木屋出現，碳燒咖啡與烘焙糕餅的氣味，店家和善的招呼聲，在一開門的剎那，全部融合在一起。

因為景色太美，忘了時間，天一黑，整個輕井澤就空了，連形貌好像都改變了。我和朋友晚間九點左右，騎著腳踏車往民宿走，半個多小時的路程，看見的人沒超過十個，而氣溫愈來愈低，這時候有點心慌了。快要接近民宿，我們轉錯了入口，車身一拐，燈光更少，我們的車頭燈從沒亮過。

「是這裡嗎？」我問。

「我們再騎騎看吧。」朋友說。又是一段沉默的踩著踏板的聲音，還有彼此的喘息。

忽然，前面的朋友煞住車停下來。「怎麼了？」我問。「妳看，好多星星。」

於是，我也停下來，我們倆一起抬頭看著久違的星星，好燦亮的星光，一閃一閃。看完星星，發現我們正停在黑森林的入口。無望的黝黑，使我的寒毛直豎。我們掉轉車頭，加速離開，然而，就像在迷宮裡的老鼠，怎麼也轉不出去。心慌意亂中，我的車上了一坏土，然後，土地貼上我的臉，天空翻過來，所有的星星忽然都傾斜了。

我又翻車了。我先愣了幾秒鐘，才喊痛。

或許是上天不忍見我們走投無路吧，當我們再度上路，依然猛打轉，竟遇見一位在院子裡洗車的中年太太，比手劃腳之後，她明白了我們的處境。萍水相逢的陌生人鎖上家門，開著她的BMW帶路，把我們送到民宿門口，才與我們揮別。

從輕井澤回來，大家都問我有什麼新奇的見聞？我說起森林與湖泊；歐式別墅與老街；螃蟹鍋和鴨肉屋，只是，隱藏了一個小秘密，我曾在腳踏車上，以一種奇特的角度，看見滿天裡傾斜的星星。

——選自二〇〇七年《天一亮，就出發》

張曼娟

小說精選

煙花渡口

給青春一個故事，
給我們無可取代的溫柔力量！
十四篇小說，二十六個春秋，
我的小說精選集，紀念著無比永恆的青春年華。

我始終是站在渡口的那個人。
有時意興昂揚，有時茫然失據，
或許一直堅持著擺渡的心願，
卻被許多人與許多故事擺渡，
渡過一個又一個，
生命裡的險灘與深潭。

有些人成爲我的摯友，
有些人成爲我的夥伴，
有些人根本素昧平生。
他們的微笑與支持；
他們的體貼與情愛；
他們的激勵與提攜，
就像在黑夜的渡口，
施放一束又一束璀璨的煙花。

國家圖書館出版品預行編目資料

剛剛好 / 張曼娟著.--初版.--臺北市：皇冠文化.
2011〔民100〕
面；公分（皇冠叢書；第4095種）
（張曼娟作品；22）
ISBN 978-957-33-2778-3　（平裝）

855　100002258

皇冠叢書第4095種
張曼娟作品 22

剛剛好

作　　者—張曼娟
發 行 人—平雲
出版發行—皇冠文化出版有限公司
台北市敦化北路120巷50號
電話◎02-27168888
郵撥帳號◎15261516號
皇冠出版社(香港)有限公司
香港銅鑼灣道180號百樂商業中心
19字樓1903室
電話◎2529-1778　傳真◎2527-0904
責任主編—許婷婷
美術設計—王瓊瑤
印　　務—林佳燕
校　　對—張曼娟・鮑秀珍・許婷婷
著作完成日期—2007年
初版一刷日期—2011年3月
初版十九刷日期—2022年7月
法律顧問—王惠光律師

讀者服務傳真專線◎02-27150507
電腦編號◎012022
ISBN◎978-957-33-2778-3
Printed in Taiwan
本書定價◎新台幣300元/港幣100元